JN070283

二度と家には帰りません！
I'll Never Go Back to Bygone Days
2
Author みりぐらむ
Illustrator ゆき哉

ロイズ
Royz
ラデュエル帝国の
前皇帝。
ミカ
Micah
狐人の料理人。

グレンアーノルド
Glenarnold
クロノワイズ王国の王弟。
チェルシー
Chelsea
特別研究員に
任命された少女。

箱の中に入っていたのは、
グレン様の瞳と同じ
水色の宝石のついた指輪だった。
「チェルシーを愛おしいと思っている。
どうか、婚約者になってほしい」

Author
みりぐらむ
Illustrator
ゆき哉

もくじ

番外編

プロローグ

I'll Never Go Back to Bygone Days!

わたしの名前はチェルシー。

サージェント辺境伯の養女で、王立研究所の特別研究員をしている。

三カ月前までは、とある男爵家で『出来損ない』と呼ばれ虐げられながら暮らしていたんだけど、新種のスキル【種子生成】に目覚めたことで、いろいろなことが良い方向へ行き、今はとても幸せな日々を送っている。


以前、わたしはスキルでココヤシの種を生み出した。

その調査がひと段落ついたらしく、今日はお祝いと検証を兼ねて、新たに実ったココヤシの実のジュースを飲むことになっている。

わたし専用の研究室には、すでにグレン様がいらしている。

グレン様はクロノワイズ王国の王弟殿下であり、賢者級の【鑑定】と【治癒】のスキルを持つ国が認めた鑑定士でもある。

外見は夜のような濃紺色の髪に、吸い込まれそうな水色の瞳をしたとてもきれいな男の人で、初めてお会いしたときは、まるでおとぎ話に出てくる天使様が現れたのかと思って、見入ってしまったんだよね……。

三カ月前のことを思い返していたら、ノックの音が聞こえた。

「お待たせせっす」

そう言って入ってきたのは、トリス様だった。

トリス様はフォリウム侯爵の令息で、王立研究所の研究員で、一緒にわたしのスキル【種子生成】の調査と研究をしてくれている男の人。

茶色い髪にメガネをしていて、とても特徴的な話し方をするんだよね。

トリス様はとても機嫌がいいらしく、スキップしながら入ってくると、テーブルの中央にココヤシの実を置いた。

「思っていたより大きいね」

「そうなんすよ。チェルシー嬢が生み出した種から育った植物はひと回り大きく育つみたいっす！」

ココヤシの実はわたしの頭よりも大きくて、青々としている。

植物図鑑には、新鮮なココヤシの実にはジュースとコプラと言われる白くてプルプルしたものが詰まっていると書かれていた。

「どんな味なのか、とても楽しみです」

手を組みながら、そう言うとグレン様は優しく微笑み、トリス様はにぱっとした笑みを浮かべた。

「じゃあ、切るっす！――【水魔法】」

トリス様がつぶやくと、水の刃が現れてゆっくりとココヤシの上部が切られていく。

切り終わるのと同時にパッと水の刃が消えた。

「トリス様って、【水魔法】のスキルも使えるんですね」

「そうなんすよ！　チェルシー嬢が生み出した種を【土魔法】で植えて、【水魔法】で毎日、水を撒いてるっす。一番の適任者って言われてるっすよ！」

わたしの驚きの声に、トリス様がにぱっとした笑みを浮かべながらそう答えた。

たしかに、種の調査や研究をするのに、【土魔法】と【水魔法】のスキルが使えたら、とても便利だし、捗るよね。

「切り終わったことだし、グラスに注ぐっす……って用意し忘れたっす」

そう言った途端、トリス様の顔がしょんぼりとしたものへと変わった。

どうしよう……ベルを鳴らして、メイドさんに持ってきてくれるよう頼もうかな？

オロオロしているとグレン様がどこからともなくグラスを三つ取り出した。

「これを使っていいよ」

「ありがとうございますっす！」

トリス様はお礼を言うと、三つのグラスに均等にココヤシの実のジュースを注いだ。

大きさの割にあまり入ってなかったみたい。

全部合わせたらグラスひとつ分くらいの量だった。

「飲む前に、【鑑定】スキルで確認しておくね」

グレン様はそう言うとじっとグラスの中の半透明な液体を見つめた。

「これ、すごいな……」

さまざまなものを鑑定してきたグレン様の口から、驚きの声が漏れた。

「どうだったんですか？」

「名前は『特別なココナッツジュース』と言って、効果は『飲むと体力の消耗なしに魔力がごく少量回復する』ってものだったよ」

「は!?　ほんとっすか！　すごすぎじゃないっすか！」

それってどれくらいすごいことなんだろう？

判断できなくて首を傾げていたら、トリス様が飛び跳ねそうな勢いで説明してくれた。

「世の中には魔力回復ポーションってものがあるんすよ。それは体力を消耗して無理矢理、魔力を回復するんすよ。飲んだ直後は魔力が回復して気分がいいんすけど、一時間後くらいに反動がきて、ものすっごくだるくなるんすよ！　あのだるさなしに魔力が回復するなんて信じられないっす！」

「そ、そうなんですね」

トリス様の勢いに負けて、呆然としながらうんうんと頷いた。

「ごく少量であっても、本当にすごいことだよ。奇跡と言ってもいいかもしれない……」

「もしかしたら、他の植物にも何か効果があるかもしれないっすね！　ひと段落どころか、さらに謎が深まって、楽しみっす！」

トリス様は結局、その場で何度も飛び跳ねて嬉しそうにしていた。


「それじゃ、飲んでみようか」

グレン様の声掛けで、三人同時にグラスに口をつけた。

今まで飲んだことがない不思議な味がする……。

「ほんのり甘くて少し変わった味がしますね」

こくこくと飲んでいるとグレン様が眉間にシワを寄せた。

「俺はこの味は苦手……かな。飲めないわけじゃないけど、好んでは飲めないな。でも、体力の消耗なしに魔力が回復していくから、普通の魔力回復ポーションを差し出されたらこっちを飲むね」

グレン様は自分自身に【鑑定】スキルを使って、魔力が回復していく様子を確認しながら飲んでいるみたい。

トリス様はといえば、目を見開きながらごくごくと飲んでいる。

「これ、俺にはめちゃくちゃうまいっす！　できれば、もっとたくさん飲みたいっす！」

「量産か……もう少し検証を進めてからでないと厳しいかな」

「それはつまり、検証を進めていけば、そのうちたくさん飲めるってことっすね!?　いつか魔力回

復ポーションの代わりにココナッツジュースを広めるっすよ！」

　トリス様はそう言うとにぱっとした笑みを浮かべた。

　すべて飲み干したあとに、ココヤシの実の内側に目を向けると白くてプルプルしたものが見えた。

「そういえば植物図鑑には、内側の白くてプルプルしたものも食べられるって書いてありました」

「ほんとっすか!?」

　トリス様の目がキラキラ輝いているように見える……。

「ココナッツミルクのもとだね。それがあれば、ココナッツミルクプリンが作れるんじゃないかな……って、チェルシーの目もトリスみたいにキラキラし始めたね」

　グレン様はそう言うとクスリと笑った。

　お菓子の中でプリンが一番好きなので、つい顔に出てしまったらしい……。

「一応、内側の白い部分を鑑定してみたけど、そっちには効果がないみたいだよ。でも、ジュースと違って美味って書いてある」

「ほんとっすか!?　じゃあ、さっそく調理してもらうっす！」

　トリス様はそう言うとココヤシの実を抱えて、研究室を出て行った。

＋＋＋

「トリスが出て行ったし、今日の調査と研究は終わりにしよう」

グレン様はそう言うとなぜか、テーブルを挟んで向かい側の席に座った。

いつもなら、このあと宿舎の部屋まで送ってくれるんだけど……。

「何かありましたか？」

「ちょっとね……」

グレン様はそう言うと、人払いをした。

研究室には、わたしとグレン様しかいない状態になる。

姿勢を正して話の続きを待っていると、グレン様は苦笑いを浮かべた。

「実はチェルシーとエレに大事な話があるんだ」

そう言った途端、研究室の窓から見える精霊樹がキラッと輝き、精霊を統べる王であるエレが銀色の毛色の子猫姿で現れた。

本当は床につくくらい長い髪をした美しい男の人なんだけど、わたしと契約してからは、いつも子猫の姿をしている。

『我に話とは珍しいな』

子猫姿のエレはぷかぷかと空中に浮かびながら、偉そうに胸を反らせた。

精霊を統べる王だから偉いのは間違いないんだけど、外見が子猫なのでかわいすぎる……！

撫(な)でたい気持ちをぐっと堪(こら)えて、グレン様に視線を向けた。

「実はラデュエル帝国の前皇帝から極秘で手紙が届いてね」

ラデュエル帝国というのは、クロノワイズ王国の西にあって、サージェント辺境伯領が接している国でもある。

たしか、瘴気……触れると草木は枯れ、水は濁り、人や動物たちの気が触れるというとても恐ろしいものが蔓延しているという話を以前、グレン様から聞いた。

「要約すると精霊樹を挿し木しに来てほしいって話だったんだけど……」

精霊樹とは、瘴気を祓うことができる精霊を生み出す……正しくは呼び出す樹木で、原初の精霊樹から挿し木でしか増えない。

しかも、挿し木できるのは精霊を統べる王であるエレと契約した者だけ。

その精霊を統べる王であるエレと契約をしているのはわたしなので……つまり、今のところわたしにしか、挿し木はできないんだよね……。

「詳しいことは後日、使者から聞いてほしいということで書かれていなかったよ。挿し木が欲しいという時点で、ラデュエル帝国に瘴気が蔓延しているのは間違いないだろうね。サージェント辺境伯領に瘴気が流れてきているのだから……」

グレン様の言葉に頷いていると、ぷかぷかと浮いている子猫姿のエレが、普段よりもとても低い声でつぶやいた。

『つまり、瘴気溢れる地に、チェルシー様を寄越せということか？』

すると研究室内に風が吹き、瞬きしている間に子猫姿のエレが本来の精霊姿へと変わった。

この世の者とは思えないくらいきれいな顔をしたエレが怒りをあらわにしている。

「我が主をそのような場所へ、連れて行けるものか！」

エレはそう叫ぶとわたしを抱き上げた。

「え!?」

驚きの声を上げると、真正面に座るグレン様が大きくため息をついた。

「俺だって、チェルシーをそんな危険な場所へ行かせたくない！　だからといって放置しておけば、ラデュエル帝国から瘴気が流れて、チェルシーの新たな故郷まで瘴気で溢れてしまう」

「それは困ります……！」

わたしは胸元につけていたサージェント辺境伯家の紋章が入ったブローチをぎゅっと握りしめた。

このブローチはわたしがサージェント辺境伯家の者だという証でもある。

第二の家となってくれた辺境伯家の人たちを見捨てるような真似なんてしたくない。

食い止められるのは、わたしだけなんだから……。

「新しい家族を守るために、ラデュエル帝国へ行きます！」

気づいたら、エレの腕の中でそう叫んでいた。

真横でエレがため息をついている。

「チェルシー様が決めたことならば、異論はない……が、精霊樹の成長具合を確認せねばならぬ」

「どうして？」

意味がわからず、そう尋ねるとエレは窓から見える精霊樹をじっと見つめながら言った。

「挿し木できる枝というのは、特別なもので、精霊樹が成長を終えてから生み出されるものなのだ。他の枝を地に挿したとしても、精霊樹として育たぬ。見たところ、あと半月程度あれば、挿し木用の枝が得られるだろう」

枝であればなんでもいいのだと思っていたので、少しだけ驚いた。

「半月か。こちらも馬車の手配や他にも準備があるから、ちょうどいいよ。では改めて……」

グレン様は姿勢を正すと、抱き上げられているわたしを見つめた。

「特別研究員のチェルシーと精霊を統べる王エレメント殿にラデュエル帝国へ向かい、精霊樹を挿し木する任務を頼みたい」

「はい、引き受けます」

「よかろう……しかし、きちんと名を呼ばれるとなぜかむずがゆいな……」

エレはそうつぶやくと精霊姿のまま頭をかいた。


こうして、わたしとエレはラデュエル帝国へ向かうことになった。

もちろん、この話を持ってきたグレン様も一緒に向かうことになっている。

と言ってもまっすぐ向かうわけではなくて、ひとまずサージェント辺境伯領を目指すそうだ。

特別研究員になったとはいえ、わたしは未成年なので、保護者に話を通しておく必要があるのだそうだ。

「根回しは大事だからね……」

グレン様は苦笑いを浮かべながら、そうつぶやいていた。

サージェント辺境伯領は、わたしを産んでくれたお母様の故郷でもある。

お母様の話を聞けるかもしれないと思うと、なんだか胸が温かくなった。

1. サージェント辺境伯領へ

I'll Never Go Back to Bygone Days!

精霊樹が成長し終わって、挿し木用の枝が生み出されるまでの間、わたしは礼儀作法の勉強を重点的にすることになった。

退位したとはいえ、ラデュエル帝国の前皇帝陛下にお会いするのに粗相があってはならない。

カーテシーは前に教わってなんとかお墨付きをもらったし、テーブルマナーは日々の食事で練習していたので、問題はなかったんだけど、令嬢らしい言葉で会話をするのがとても難しくて……。

半月では完璧にはなれず、講師の先生から努力は認めてもらえたけど、及第点はもらえなかった。

結局、前皇帝陛下とは、会話を控えめにしておこうという話になった……。

+++

出発の前日、わたしの研究室で壮行会を開くことになった。

ラデュエル帝国へ行き、精霊樹を挿し木してくるという任務は、極秘のため一部の人にしか伝えられていないそうだ。

わたしは表向きの理由として、養女になったので一度、親族に顔を見せにサージェント辺境伯領へ行く……というものになっている。

同行するグレン様は、国境付近の瘴気の確認と、わたしが特別研究員になったという証を養父様に届ける……というものだそうだ。

「まさか、同行できないとは思ってなかった……」

そう言って研究室の隅でうずくまっていじけているのは、第二騎士団副長でサージェント辺境伯の令息でもあるマルクスお兄様。

わたしを産んでくれた母と養父様は兄妹なので、マルクスお兄様とはイトコでもある。

どうやら、マルクスお兄様にしかできない特別な任務があるそうで、休暇を取ることも同行することもできなかったらしい。

「マルクスお兄様がいてくだされば、心強く存じますが……しかたありません」

教わりたての令嬢らしい口調で伝えると、マルクスお兄様に悲しそうな顔をされた。

「チェルシーが令嬢らしくなって……」

「努力中の妹を褒めないとか、いつの間にか嫌われるっすよ？」

隣に立っていたトリス様のつぶやきは、なんだかとても実感がこもっている。

もしかしたら、トリス様には妹さんがいるのかもしれない。

「そ、それは困る！　チェルシーが頑張っているのは理解しているとも！　令嬢らしい口調になって、寂しくもあるけど……とても良いことだな！」

マルクスお兄様は立ち上がると、ニカッとした笑みを浮かべた。

少しだけ頬が引きつっているような気がするけど、見なかったことにしよう。

「俺も一緒に行きたかったっす。でも、畑の世話は他の人に任せられないから、しかたないっすね」

「トリス様がいらっしゃるので、安心して向かうことができます。ありがとうございます」

精一杯の笑顔でそう伝えると、トリス様はほんの少し頬を赤くして、とても嬉しそうにぱっとした笑みを浮かべた。

「……ちゃんと笑えるようになって、ほんと良かったっす」

トリス様が何かつぶやいていたけど、ちょうどノックの音がして聞こえなかった。

入ってきたのはカートを押したメイドのジーナさん。

研究室のテーブルの上には、すでにいろいろなお菓子や紅茶が並んでいるのに、さらに何かを運んできたみたい。

「チェルシー様がお好きなケーキをご用意いたしました」

よく見れば、それは大好きなトライフルケーキだった。

ふわふわのスポンジの上にカスタードと生クリーム、さまざまな果物を載せたケーキは、何度食べてもおいしくて、頬を緩ませた覚えがある。

「ケーキが食べたくなったら、すぐに戻ってきてくださいね！」

冗談めかして言ったのは、紅茶を淹れているメイドのマーサさん。

ジーナさんとマーサさんは、わたしの専属メイドなんだけど、今回の任務のことは伝えていない。

ただの顔見せということになっているので、二人にはお留守番してもらうことになっている。

『そろったならば、始めるがよかろう』

ソファーで丸まっている子猫姿のエレが欠伸をしながら、そうつぶやいた。

普通の人には猫の鳴き声にしか聞こえないので、猫好きのジーナさんがぴくりと反応している。

「そうだね。全員そろったようだし、チェルシーの旅の安全を願って……食べようか」

グレン様のその言葉でそれぞれが席につき、ケーキやお菓子を食べ始めた。

まずは大地の神様に祈りを捧げて、切り分けてもらったトライフルケーキを食べる。

ふわふわのスポンジと二つのクリーム、それから果物の酸味が合わさって、おいしい！

自然と頬が緩んで、笑顔になる。

二口、三口と食べていたら、視線が集まっていることに気がついた。

「どうしたんですか？」

気が緩んでいたせいで、令嬢らしい口調が抜けてしまった……。

「とてもおいしそうに食べてると思って……」

「食べられる量が増えてよかったな」

「やっぱり、イチゴは最後に食べるっす。一緒っすね！」

グレン様、マルクスお兄様、トリス様の順番でそう言われて、顔が赤くなった。

食べている様子を観察されていたなんて……恥ずかしい！

「見られながら、食べるのは恥ずかしいです……！」

頬を膨らませながらそうつぶやけば、三人はお互いに視線を合わせたあと、笑い合った。

＋＋＋

出発当日は雲一つないすっきりとしたいい天気だった。

「お帰りをお待ちしております」

「待っていますから！」

馬車乗り場でジーナさんとマーサさんに言われて、胸がじんわり温かくなった。

こんなわたしでも待っていてもらえるんだ……。

嬉しすぎて言葉にならなかったため、わたしは二人に向かって頷くだけになった。

二人はわたしの考えがわかっているのか、優しく微笑んでくれた。

そこへトリス様が現れた。手にはわたしの両手サイズの紙袋を持っている。

「これ、料理長から預かってきたっす」

そう言ってちらっと中身を見せてくれた。

「クッキーとキャラメルとキャンディらしいっす。チェルシー嬢用の特別製らしいっすよ」

「大事に食べますね。ありがとうございます」

「クッキーは日持ちしないっすから、早めに食べたほうがいいっすよ」

ぺこりと頭を下げると、トリス様はにぱっとした笑みを浮かべた。

「そろそろ出発しようか」

御者さんと話をしていたグレン様がこちらへ戻ってきて、そう言った。

「はい」

わたしはグレン様に手を取ってもらい、馬車の中に乗り込む。

子猫姿のエレは、すでに乗っていた。

「では、いってきます」

馬車の小窓から見送りに来てくれている三人にそう告げると、それぞれ笑顔を浮かべた。

「「いってらっしゃいませ」」

ジーナさんとマーサさんはそう言って、深く頭を下げた。

トリス様はといえば……。

「お土産、期待してるっす！」

そう言って、ぶんぶんと手を振っていた。

三人に向かって手を振り返すと馬車が動き始めた。

城塞の西にある通用門から出て、まずはモグリッジ伯爵領へと向かう。

そのあとはいくつかの領地を通って、十日間でサージェント辺境伯領へと着くそうだ。

四人乗りの馬車の前の座席には、わたしが両腕で抱えるとはみ出るくらいの長さの木箱が載っているため、後ろの座席にグレン様と横並びに座っている。

子猫姿のエレは木箱の上に乗ったまま、丸まって眠っていた。

「この木箱って……?」

わたしがそう問うとグレン様が頷いた。

「挿し木用の枝だよ」

精霊樹のことやわたしのスキルのこと、それから今回の任務の話は極秘なので、話すときは注意しなければならないと事前に言われている。

馬車の中での会話がどれだけ外に漏れるかわからないけど、グレン様は意識して『精霊樹』という名前を言わなかったように感じた。

「思っていたよりも小さいんですね」

王立研究所の外に蒔(ま)いた精霊樹の種は、五階建ての研究所と同じ高さまで成長した。

その精霊樹の挿し木となれば、わたしの身長よりも大きな枝なのではないか……と思っていたんだけど、そうではないらしい。

木箱をじっと見つめていたら、眠っていた子猫姿のエレが起きた。

『やっと出発したか……。挿し木し終えるまでは、我は枝の入った木箱から離れられぬ。早めにあちらに着きたいものだ……』

「どうして離れられないの？」

不思議に思ってそう問えば、エレはふわあぁと大きな欠伸をした。

『枝が乾燥せぬよう、傷まぬよう、常に術を掛けておるので離れられぬ』

「新鮮な状態を維持……か。そういった魔術はなかったね」

グレン様が顎に手を当ててうーんと唸った。

『ああそうだ、渡しておかねばならんものがある』

子猫姿のエレはそう言うと、器用に前足を使って木箱の蓋をずらした。中に入っている挿し木用の枝が見えるんだけど……。

「……枝っぽくない……」

中に入っていたのは枝というよりも、ガラスで出来た麺棒のようなもので、キラキラ輝いていた。

『精霊樹は普通の樹木ではない。何もかも特殊なのだ』

そういうものなんだと納得していると、エレが挿し木用の枝に向かって両方の前足を突っ込んだ。

「……え!?」

エレの前足が挿し木用の枝に埋まっている……。

グレン様も驚いているようで、口元を押さえて目を見開いていた。

瞬（まばた）きを何度か繰り返していると、エレは挿し木用の枝から前足を引き抜いた。

その前足には、ガラスみたいに透明でキラキラとしたブレスレットがあった。

「今のは……なんなんだ？」

グレン様が言葉を濁しながらそう問うと、エレは挿し木用の枝を前足で指しながら答えた。

『精霊樹は精霊界とつながっているのでな。預けていたものを取り出しただけだが？』

古（いにしえ）の文献には『精霊樹から精霊が生み出される』と書かれていたけど、本当はこの世界と表裏一体の精霊界というところから現れているだけなんだそうだ。

『今は挿し木用の枝から離れられぬゆえ、手を差し込んだだけだが、精霊界へ行くことも戻ってくることも可能であるぞ』

「切り落とした枝でもあちら側へ行けるのか……」

「一度こちらに来たら、あちら側へは行けないんだと思ってました……」

二人でそんなことをつぶやくとエレはやれやれといった態度をとった。

『これをチェルシー様に差し上げよう』

子猫姿のエレはそう言うとわたしに向かってブレスレットを差し出してきた。

『精霊樹の枝で出来たブレスレットだ。お守りとして身につけておくがいい』

「ありがとう」

お礼を言ったあと、何も考えずに左手首に通した。

するとしゅるっという音を立てて、わたしの手首にぴったりおさまった。

驚いて、その場でぶんぶんと腕を振ったけど、ブレスレットが外れる気配はない。

「え!? 抜けない……もしかして、呪いのブレスレット?」

わたしが戸惑っていると、隣に座るグレン様がブレスレットをじっと見つめた。

「鑑定してみたけど、それは瘴気除けのブレスレットで呪いではないよ。ついでに万物収納機能というのがついているみたいだけどね……」

グレン様は御者さんや馬車の外にいる護衛の騎士たちに聞かれないように、わたしの耳に顔を近づけてつぶやいた。

「どんな機能なんですか?」

言葉を濁しながらそう尋ねると、子猫姿のエレが挿し木用の枝が入った木箱の蓋を閉じながら、答えた。

『そのブレスレットは精霊界のチェルシー様専用保管庫につながっている。どんなものでもチェルシー様が預かってほしい旨を伝えれば、保管庫に飛ばされるようになっている』

「アイテムボックスの精霊界版か……」

グレン様がとても小さくそうつぶやいた。

『似たようなものだな』

「アイテムボックスってなんですか？」

グレン様とエレはわかっているようだけど、わたしにはわからなかったので小声で聞いてみた。

「物を出し入れすることができる異次元の場所、かな。どこにいてもどんな大きさでも重さでも、何でも入れたり出したりできるんだよ。ただ中の時間は止まっているから、生き物は入れられない」

「もしかして、グレン様がときどき何もないところから物を取り出しているのって……」

グレン様はいたずらっぽい笑みを浮かべながら、何も言わずに強く頷いた。

『ためしに、その手に持っている菓子の入った紙袋を入れてみるがいい』

わたしはエレに言われたとおりに、手に持っていた紙袋を見つめながらつぶやいた。

「預かってください」

すると、パッと紙袋が消えた。

『精霊界のチェルシー様専用保管庫には、常時管理をしている精霊たちがいる。日々、呼ばれるのを待っているから、ときどき物を入れてやってほしい』

精霊たちが管理している!?

わたしは驚いてブレスレットをじっと見つめると、キラッと一瞬光った。

『管理している精霊たちは階級的にこちらには来られないから、物が預けられるのをとても楽しみにしているようだったぞ』

精霊には階級なんてものがあるんだ!?

それよりも預けられるのを楽しみにしているのなら、こまめに何か入れないと……。

「そういえば、取り出すときはどうすればいいの？」

『取り出したい物の名前と必要数を思い浮かべて、返してほしいとつぶやくなり考えるなりすれば、飛び出してくる。ただ、アイテムボックスとは違うから、長期間置いておくと腐るようなものは入れないでやってくれ。こちらの世界と精霊界は同じ時で動いておるのでな』

エレの言葉にわたしは頷いた。

「さっき預けたお菓子の入った紙袋を返してほしいです」

するとぽんっと紙袋が現れて……そのまま、馬車の床に落ちそうになったところを、グレン様が受け止めてくれた。

「ありがとうございます」

「クッキーが割れなくてよかったね」

グレン様はそう言うと優しく微笑んだ。

『飛び出してくると言ったであろう……』

エレはまたもやれやれといった態度をした。

こんなふうに飛び出してくるなんて、誰も思わないよ!?

『我はまたしばらく休むとする。常に魔術を使っているからな、普段よりも休息が必要なのだ』

そう言うとすぐに木箱の上で丸くなり寝始めた。

ふと視界に植物図鑑の入ったカバンが見えたので、それを預かってもらうよう考えた。

パッとカバンが消えるのは何度見ても驚く。

「きれいなだけでなく、すごい機能のついたものをいただいてしまいました」

「そうだね。便利なだけでなく、とてもきれいなブレスレット……だね」

わたしのつぶやきに、グレン様はなぜか複雑そうな表情をしていた。

＋＋＋

宿に泊まる練習をしておいたのもあって、特に失敗もなく、順調に旅は進んだ。

本当は、貴族が旅をする場合、通った先々の領地で歓待を受けて、そのお礼として、領都や町や村でさまざまな品物を買うのだそうだ。

「お金のある貴族にはたくさん買い物をしてもらって、地域発展の手伝いをしてもらいたいんだ」

でも、今回の旅ではそういった歓待は受けないことになっている。

理由は、わたしがまだ社交界デビューをしていないから。

スキルに目覚める十二歳から成人する十五歳くらいの間に、社交界デビューはするものらしい。

それが終わるまでは、表立って他の貴族に会うことはないんだって。

グレン様は王族としての仕事でサージェント辺境伯領へ向かうことになっている……ということで、行きは急ぎだからとすべて断ったそうだ。

「街で買い物するのはいいんだけど、歓待を受けるのは苦手なんだよね……」

グレン様はそうつぶやくと苦笑いを浮かべていた。


王都を出てからちょうど十日後の午後、サージェント辺境伯領の領都に到着した。

茶色いレンガで出来た家がたくさんある街並みは、王都とは違う雰囲気で見ていて飽きない。

領都の西の端にサージェント辺境伯家の屋敷はあった。

屋敷と言っても、お城のように大きくて、王立研究所と宿舎を足したくらいの大きさはあるかもしれない。

馬車の小窓から外の様子に見入っていると、屋敷の入り口で止まった。

扉が開き、まずはグレン様が先に降りる。

続いてわたしが、グレン様に手を引かれながらゆっくり降りた。

エレは精霊樹の挿し木が入った木箱の上から動かずにいる。離れられないと言ってたもんね。

あとで護衛の騎士たちが木箱ごと運び入れてくれることになっている。

玄関前には、出迎えのメイドや従者などたくさんの人たちがずらりと並んでいた。

「ようこそサージェント辺境伯領へ。狭い屋敷ではありますがごゆっくりお過ごしください」

そのたくさんの人たちの中央に、淡いゴールドの髪にわたしと同じ紫色の瞳をした背の高い男性……サージェント辺境伯家当主でありわたしの養父でも伯父でもあるジェイムズフォート様が立ち、グレン様に向かって頭を下げていた。

「よろしく頼む」

グレン様はあまり見たことがない作った笑みを浮かべながらそう言った。

そして、ちらっとわたしに視線を移すと、いつもの天使様のような優しい微笑みになり、小声でつぶやいた。

「またあとでね」

ここからは王族として振る舞わないといけないので、別行動になると聞いていた。

どこで誰が見ているかわからないから、形式どおりに進めないといけないんだって。

養父様もちらっとわたしの顔を見て、にこっとした笑みを浮かべてくれた。

グレン様が歩き出すとそれに合わせて養父様も一緒に屋敷の中へと入っていった。

二人の背中を見送っていたら、艶やかな黒髪に、黒い瞳をした養母のアリエル様がささささっと現れてわたしの真正面に立った。

「おかえりなさい、チェルシーちゃん」

「た、ただいま戻りました……養母様」

緊張しながらカーテシーをすると、養母様は困ったように首を傾げた。

「チェルシーちゃんは私たちの家族になったのよ。だから、そんなに畏まらなくていいの。それと……家族なのだから、私のことは『お母様』と呼んでくれないかしら？」

「は、はい、お母様」

すぐに『お母様』と呼ぶと、養母様は優しく微笑んで、ぎゅっと抱きしめてくれた。

出迎えのメイドや従者たちからも優しい笑みを向けられる。

「馬車の旅は大変だったでしょう？　ゆっくり休んで……と言いたいところだけど、まずはお祖父様とお祖母様にご挨拶に行きましょ！」

「はい」

養母様に背中を押されながら、屋敷の中へ入り、そのまま奥へと進んでいく。

「屋敷の奥半分が領主の家族が住む家なのよ。表側は領館として領地の運営に携わる者たちの仕事場だったり、客室があったりするの」

屋敷に入ってすぐの場所は絵画や壺といった置物が飾られていて、とても豪華だった。

サージェント辺境伯家の顔といった場所だから、豪華にしているのかもしれない。

でも、途中からそういったものは一切なくなって、代わりにかわいらしい置物や色とりどりのお花が飾られていた。

奥は家族の趣味の物を飾っているという感じかな。

屋敷の一番奥にあるサンルームに到着するとお祖父様とお祖母様が驚いた顔で出迎えてくれた。

お祖父様は養父様と同じ淡いゴールドの髪に紫色の瞳、お祖母様はわたしと同じ薄桃色の髪に緑色の瞳をしていた。

今までにないくらいとても血のつながりを感じる……！

二人は驚きの表情のまま、小走りに近づいてきて頭や頬、肩なんかをぺたぺたと触ってきた。

急にそんなことをされたので、驚きすぎてカチコチに固まってしまった。

「お義父様、お義母様、チェルシーちゃんが驚きのあまり固まっていますわ」

養母様がそう言って止めてくれたことで二人は我に返って、触るのをやめた。

その代わり、じっとわたしの顔を覗き込んでくる。

「ここまでソフィアとそっくりだとは思ってなくてな、すまんな……。ワシはジェイクフォートだ。ジェイクと呼んでおくれ」

「いらっしゃい、チェルシーちゃん。わたしはあなたの祖母でエマというの」

「ジェイクお祖父様、エマお祖母様、初めまして、チェルシーと申します」

挨拶の言葉とともにカーテシーを披露すると、二人は目を細めて笑みを浮かべた。

家族だけど、初めてお会いするのだからカーテシーをしてもおかしくないよね……？

不安になってちらりと養母様の顔を見れば、にっこりと微笑まれた。

正解だったみたいで、よかった！


ソファーに座るよう促されて、ゆっくりと腰掛ける。

あれ？　このソファーの生地……すごくさらさらしてる！

ソファーの生地を撫でていたら、お祖母様がぽつりとつぶやいた。

「中身はまったく似ていないのね」

たぶん、お母様と比べて……だよね。

以前、養母様からは仕草が似ていると言われた。

中身は似ていないとはどういうことだろう？

「あの……わたしを産んでくれたお母様はどんな人だったんですか？」

養母様から、お祖父様とお祖母様から聞くようにと言われていた問いを投げかけると、二人は優しく微笑んだ。

「そうだな……はっきり言えば、お転婆だったな」

「お転婆で済むようなものではなかったわ。兄たちのあとを追いかけて、木登りをしたり剣を振り回したり……令嬢らしくはなかったわ」

「いつも兄たちと同じようにシャツとズボンで歩き回っていたな」

「ドレスを着せてもすぐに泥だらけにしたり破いたりで仕方なかったのよ」

わたしは呆気に取られて口が開きっぱなしになった。

たぶん、小さなころの話……だよね。とても活発な人だったんだね……。

「成人したあとも一緒に魔物討伐に行ったな」

「令嬢らしく大人しくしていてほしかったけれど、あの子とても強かったものね……」

まってまって……大人になっても活発な人ってこと？

活発っていうか、えっとその……。

わたしはだんだん理解できなくなって、何度も瞬きを繰り返した。

「成人したのだから、お茶会へ行きなさいと言ったのだけれど……」

「そういえば、ソフィアはよくお茶会に男装して現れていたわ」

養母様の言葉で、わたしの中の母像は崩れ去った。

記憶にないので、聖母様のようなイメージを抱いていたわたしが悪いんだけど、でもそこまで活発な……お転婆な令嬢だとは思ってなかった……。

「ああ、いや、ソフィアは上級のスキルを二つも持っていたし、賢い子だった」

「そうそう、ソフィアは何でもできる子だったのよ。メイドたちと同じように炊事洗濯掃除、全部こなせたの」

「たしか……『どこへでも嫁げるわ！』って、いつも言ってたわね」

お祖父様とお祖母様、養母様はわたしが呆然(ぼうぜん)としていることに気がついて、慌ててお母様の良いところを話しだした。

でも、さっきの話を聞いたあとだったので、イメージは覆らなかった。

「そ、そうだわ！　ソフィアの肖像画があるのよ！」

お祖母様がそう言うとベルを鳴らして、メイドに肖像画を持って来させた。

「これが三歳のときものでね」

わたしと同じ薄桃色の髪に紫色の瞳をした小さな女の子がかわいらしいドレスを着て、笑顔で胸を反らせて立っている。

「こっちが八歳のときのもの」

乗馬服を身につけた女の子が嬉しそうに笑っている。

「こっちは十二歳のとき、スキルに目覚めて喜んでいる姿だ」

わたしよりも背の高い男装した女の子がにっこりと微笑んでいる。

「あとは成人後のものだな」

成人後のものは全部、ドレスを着た肖像画で不敵な笑みを浮かべていた。

「どの肖像画も笑っていて……とても幸せだったのでしょうね」

そうしみじみとつぶやくとお祖父様とお祖母様が泣きそうな顔になった。

「今度はチェルシーが今までどうやって過ごしてきたか教えてくれるかい？」

わたしは紅茶を飲み干してから、ゆっくりと今までの出来事を語った。

……もうちょっと包み隠して話すべきだったかもしれない。

そう気がついたときには、お祖父様はお怒りになって、サンルームから出て行ってしまった。

「大変な目に遭ってきたのね……。今まで、助けられずにいてごめんなさい。これからは全力でチェルシーを守るから……」

お祖母様はわたしの隣に座ると、ぎゅっと抱きしめて何度も何度も頭を撫でてくれた。

「ありがとうございます」

わたしは精一杯の笑みを浮かべて、お祖母様をぎゅっと抱きしめ返した。

しばらくすると、どこかすっきりした様子のお祖父様がサンルームまで戻ってきた。

「ここはチェルシーの家だ。ここにいる間は自由にしていいからな」

自由にしていいと言われても、何をすればいいのかわからない。

苦笑いを浮かべていたら、お祖父様にも頭を撫でられた。

「何か欲しいものはないか?」

「え、えっと……」

清潔できれいな服ならたくさんあるし、おいしいものも毎日食べさせてもらっている。

これ以上欲しいものなんて思いつかない。

「高い高いしようか？」

「どういったものですか？」

首を傾げると、三人そろってなぜか悲しそうな顔をした。

「こうやって持ち上げて……」

お祖父様は立ち上がるとその場で、物を抱えて持ち上げる動作を繰り返した。

幼いころ、マーガレットがやってもらっていたのを思い出した。

あれは幼い子どもに対してするものだったはず。

「それはちょっと……」

背が低いから十二歳には見えないのはわかっているし、お祖父様からしたらわたしは子どもだってこともわかるけど、でもそこまで幼くはないので、首を横に振った。

「やれやれ、またジェイクの悪いくせが出たね」

見かねたお祖母様が、わたしとお祖父様の間に割って入ってくれた。

お祖父様はものすごく不満そうな顔をしている……。

「今日はひとまず、しっかり休みなさいね」

「ありがとうございます」

わたしはお祖母様にお礼を言うと、お祖父様にぺこりと頭を下げて、養母様と一緒にサンルームを出た。

「それじゃ、チェルシーちゃんのお部屋に案内するわ」

「はい。よろしくお願いします」

「もう、チェルシーちゃんったら……家族だから堅苦しいのはなしよ」

養母様はそう言うとわたしをぎゅっと抱きしめた。

こういうときってなんて答えればいいんだろう……。

令嬢らしい口調は少しだけ勉強してきたけど、家族とどうやって話せばいいのかわからない……。

養母様に案内されたのは、二階にある部屋で扉を開けるとそこはお花だらけだった。

ソファーやベッド、カーテン、カーペット……すべてが花柄だし、使い込まれた感じのチェストやクローゼットにもお花が彫り込まれている。引き出しの取っ手もお花の形だ。

「ここは、あなたのお母様が使っていた部屋なの。これからはあなたの部屋よ。家具はそのままで、他は新しいものにしたけれど、別の柄がよかったらすぐに替えるから言ってちょうだいね」

そう言うと、養母様はにっこりと微笑んだ。

お母様が使っていた部屋……。そしてこれからはわたしの部屋。

研究所の宿舎の部屋とは別に、ここがわたしの帰る場所になるのだと思うと、自然と頬が緩んだ。

「こんなステキなお部屋をありがとうございます」

「気に入ってもらえたようで、よかったわ。夕食の時間まで少しあるから、しばらく休んでいてちょうだい」

養母様はそう言うと部屋を出て行った。

部屋の中にはメイドがいて、お茶の準備をしてくれている。

ソファーに座って、部屋を見回す。どこを見ても花柄が見える。

お母様はとても自由で活発な方だと聞いたけど、かわいらしいものが好きだったのかもしれない。

なんだか不思議な気持ち……。

懐かしいわけじゃないけど、温かいような……とても言葉には表せられないような気分。

「ふわぁぁぁ……」

気が抜けたからか、大きな欠伸をしてしまった。

お茶の準備をしてくれているメイドは見なかったふりをしてくれた。

「ちょっとだけ眠ろうかな……」

ひとりごとをつぶやいて、ソファーにもたれかかると、長旅の疲れもあってか、あっという間に
眠りに落ちていった。

幕間1. グレンと当主ジェイムズ

サージェント辺境伯家の屋敷についてすぐ、俺は当主のジェイムズに応接室へと案内された。

派手すぎず、かといって地味ではない調度品が並んだ部屋は、居心地が良さそうだ。

お互いに挨拶を交わしたあと、ソファーに向かい合わせに座る。

「人払いを頼めるだろうか？」

そうつぶやけば、ジェイムズは軽く頷き、部屋にいた者たちをすべて下がらせ、扉を閉めさせた。

「さっそく本題といこう。まずはこれを渡しておく」

俺はそう言いつつテーブルの上に、兄である国王からの王命が記された手紙を置いた。

その手紙には、クロノワイズ王国の国王のみが扱うことができる、角度によって赤にも青にも見える紫色の封蠟が押されている。

ジェイムズはそれを受け取ると、すぐに開いて読み始めた。

そこには、『グレンは国王からの極秘の任務を受けて行動をしている』『できうるかぎり協力するように』『チェルシーをラデュエル帝国へ向かわせるように』といったことが書かれている。

どういった任務なのか、どのような協力が必要か、チェルシーを向かわせる理由などは記されていないため、ジェイムズは首を傾げた。

「内容的に書面には記しづらくてね。口頭で伝えることになっているんだ」

俺はそう告げると、滞在の理由と極秘の任務について話し始めた。

＋＋＋

「つまり、瘴気溢れるラデュエル帝国へチェルシーとともに向かう……というわけですか」

精霊樹と精霊の存在、瘴気との関係、挿し木できるのがチェルシーだけ、ラデュエル帝国が挿し木を欲している……など、包み隠さず伝えると、ジェイムズは眉間にシワを寄せた。

チェルシーの身の安全を考えたのだろう。

「その前に、サージェント辺境伯領に流れ込んでいる瘴気を対処する予定もある」

俺がそう告げるとジェイムズはさらに眉間にシワを寄せた。

「お話を聞いたかぎりでは、挿し木用の枝は一本しか用意できていないとのことでした。ラデュエル帝国に挿し木するのであれば、サージェント辺境伯領にはできないでしょう。では、どうやって対処するおつもりですか？」

「チェルシーに種を生み出してもらえばいい」

そう答えるとジェイムズは首を傾げた。

「種……ですか？」

「知っているとは思うが改めて説明する。チェルシーが持つスキル【種子生成】は、『願ったとおりの種子を生み出す』というものだ」

そこで区切ると、俺は小さく深呼吸をした。

「調査と研究を進めているが、今のところ、ありとあらゆる願ったとおりの種を生み出している。存在していない精霊樹の種、副作用のない薬となる種。設計図さえ用意できれば、どんな種だって生み出せる……つまり、瘴気に対処する種を生み出すことが可能なんだ」

話を聞いた途端、ジェイムズの喉がゴクリと鳴った。

どんな種でも生み出せるということは、世界を救うことも滅ぼすことも可能ということだ。

すべてはチェルシーの考え次第……それに気がついたのだろう。

「チェルシーは自身のスキルの危険性を理解しているのでしょうか……」

ジェイムズのつぶやきに俺は頷いた。

「それに関してはすでに本人に話をしてある。今のところ、害になる種は生み出していないから、魔力を封印するようなこともない。そういった悪い種を生み出さないかぎり、チェルシーを守るという約束もしている」

話を聞いた途端、ジェイムズの口がへの字へと変わった。

ジェイムズの突然の変化に、俺は首を傾げた。

「どうした？」

「失礼とは存じますが、確認させていただきたい」

ジェイムズはそう前置きすると腕を組みながら言った。

「もし、チェルシーに婚約者が出来た場合、もしくは殿下に婚約者が出来た場合は、守るという約束はどうされるおつもりですか？」

お互いに婚約者が出来た場合……か。

なるべく考えないようにしていた部分を指摘されて、俺は目を逸らした。

「チェルシーが婚約するのはまだ先の話ですので置いておくとして……。殿下は成人して三年、そろそろ婚約者がいてもおかしくない年齢でございます。婚約者が出来た場合、チェルシーを優先して守ることが可能でしょうか？」

それを許してくれる女性がこの世にいるかどうか……。

今のところ、王族であり公爵でもある俺のもとに寄せられるお見合いの釣書には、許してくれるような女性はいない。

「不可能だ、と殿下の顔に書かれておりますね……。でしたら、早めにサージェント辺境伯家にチェルシーをお返しくださいませ。我々であれば、全力で守り通すでしょう」

俺が視線を彷徨わせて迷っている間に、ジェイムズは小さくため息をついた。

2. お勉強しよう

I'll Never Go Back to Bygone Days.!

目が覚めたら、ベッドの上だった。

たしか、ソファーでうとうとしてたんじゃなかったっけ……？

起きて周囲を見回せば、ランプは全部消えていて、カーテンの隙間から光が差し込んでいる。

もしかして……夕食も食べずに、朝まで眠り込んでしまった？

それに気がつくのと同時にノックの音がした。

現れたのは養母様で、数人のメイドを引きつれている。

「チェルシーちゃん、おはよう！　昨日は揺すってもまったく起きなかったから、着替えさせてベッドで寝かせたのよ。顔色も良さそうだし、朝食にしましょうね」

言われてから、自分の姿を見れば、服がネグリジェに変わっていた……！

「ごめんなさい」

すぐに申し訳ない気持ちになって謝ると、養母様が首を左右に振った。

「ここは謝るのではなく、お礼を言うところよ。それから、お礼よりも前に言うべき言葉があるでしょう？　朝起きて、最初に言う言葉は？」

「あ！　おはようございます！」

「はい、よくできました。支度を整えたら、メイドに案内してもらって、食堂までいらっしゃいね」

「わかりました」

養母様はそう言うとにっこりと微笑んで、部屋を出て行った。

なぜだろう。注意されたはずなのに嫌な感じがしなくて、むしろなんだか胸が温かい。

これが家族の愛情というものなのかもしれない……。

その後は、養母様が引き連れていたメイドたちに朝の支度を手伝ってもらって、クローゼットに入っていた新品のワンピースに着替えた。

「とてもお似合いです」

メイドの一人にそう言われて、鏡の前でくるくると回った。

＋＋＋

サージェント辺境伯家の屋敷の食堂は、建物の中央にあって、小食堂と大食堂に分かれていた。

家族だけで食べるときは小食堂を使うんだけど、お客様であるグレン様も一緒に食べるので、大食堂で食事を摂るそうだ。

中に入ると、すでにみんな勢ぞろいしていた。

養母様以外には、まだ朝の挨拶をしていないし、したほうがいいはず……。

「おはようございます」

挨拶すれば、それぞれから返事があった。

間違っていないようでよかった……。

奥から、グレン様、養父様、養母様、見知らぬ青年と少年、対面にお祖父様、ひとつ席が空いていて、お祖母様の順番で座っていた。

「紹介するわね。長男のサイクスと三男のフェリクスよ」

養母様はそう言うと、見知らぬ男性と少年を指した。

「次期当主のサイクスフォートだ。サイクスと呼んでくれ」

「今年成人したばかりのフェリクスフォートだ。フェリクスお兄様と呼んでくれよな」

サイクスお兄様は淡いゴールド色の髪に紫色の瞳、フェリクスお兄様は艶やかな黒髪に緑色の瞳をしていた。

どうやらサージェント辺境伯家の男性は、全員名前の後半にフォートとつくらしい。

「チェルシーです。昨日はご挨拶できず、申し訳ありませんでした。サイクスお兄様、フェリクスお兄様、これからよろしくお願いします」

その場でカーテシーを披露すれば、二人は満面の笑みになった。

「フェリクス……妹っていいいな」

「サイ兄さん、俺、生まれてきて良かったよ……」

二人はこそこそと何か言っていたけど、聞こえなかった。


わたしはなぜか、お祖父様とお祖母様の間に座ることになった。

座席順的に、わたしは一番端の末席ではないのかな……？

「ごめんなさいね、チェルシーちゃん。どうしてもあなたの隣がいいって言って、ジェイクが聞かないものだから……」

「本当は膝の上に乗せたかったのだがな！」

「ソフィアみたいに嫌がられてもいいのですか？」

「それはだめだ……！」

お祖父様とお祖母様はそんな話をしていた。

「あ、あの……わたしでよければ……」

そう言うと、お祖父様は満面の笑みになった。

「ならば、食事が終わってからにしようか」

「チェルシーちゃんはソフィアよりも懐が深いのね……」

お祖母様はしみじみそうつぶやいていた。

……誰かの膝の上に乗ったことってなかったから、やってみたいと思っただけなんだけどね。

朝食はとてもおいしかったけど、たくさん残してしまった。

「もしや、嫌いなものでもあったのかい？」

「いえ、もうおなかいっぱいで……。あまり食べてこなかったので、入らないんです」

お祖父様の言葉にそう答えると、泣きそうな顔をされてしまった。

「これでも、前よりはずっと食べられるようになったんですよ」

そう言ったら、今度はお祖母様まで涙を浮かべられてしまった……。

「頑張ってもっと食べられるようになりますので、その……泣かないでください」

さらにそう言えば、二人は涙ぐみながら、わたしの頭や背中を撫(な)でてくれた。

＋＋＋

朝食のあとは、お祖父様との約束を果たすために、サンルームへと向かった。

「チェルシー、おいで」

ソファーに座るお祖父様に近寄れば、さっと抱き上げられて膝の上に乗せられた。

硬くてごつごつしていて温かくて……とても不思議な感じ。

落ちないようにと押さえてくれているお祖父様の腕を見れば、太くて傷だらけだった。

「どうして、お祖父様の腕は傷だらけなのでしょうか？」

思ったことを口にしてしまった。

慌てて口に手を当てても、声に出した言葉は取り消せない。

きっとお祖父様に不快な思いをさせてしまったはず……！

怒られるのではないかと思い、ゆっくりとお祖父様の顔を見れば、にこにこしていた。

「サージェント辺境伯領はラデュエル帝国と魔の森に面していてな……」

魔の森というのは大陸の中央にあって、人が住めないくらいたくさん魔物がいるのだそうだ。

「ラデュエル帝国とは長いこと戦争はしていないんだが、ときどきならず者がやってくる。魔の森からは魔物がしょっちゅうやってくる」

国の中でもとても危険な場所なんだろうってことは、なんとなく気づいていた。

サージェント辺境伯領の北側……魔の森との境には高い壁があって、魔物と攻防を繰り広げていると以前、グレン様から教わっている。

屋敷の中や外を巡回している兵士たちは屈強な体をしている人ばかりだった。

庭師も門番も厩番もみんなそんな体をしていて……女性も体は細いのにしっかりとした筋肉がついているように見えた。

「我が領地に住む者は怯えて暮らすのに疲れて、戦うことを選んだんだ。それは領民だけでなく、領主である……領主だったワシも例外ではなくてな……」

「妻となった私も例外ではないのよ」

「お祖母様も!?」

「私は幼いころからジェイクの婚約者だったから、結婚する前から自分の身を守る術を学んでいたの。結婚してからは、傷だらけで帰ってくるジェイクを見て、じっとしていられなくて……戦う術を学んだのよ」

おっとりした雰囲気のお祖母様はそう言うと不敵な笑みを浮かべた。

「お祖父様の傷はならず者や魔物と戦った証なんですね」

じっとお祖父様の傷を見つめながらそうつぶやくと、力強く頷かれた。

「では、わたしも自分の身を守る術や戦う術を学んだほうがいいのですね」

確認したところ、お祖父様とお祖母様はうーんと唸り始めた。

「この地で暮らすのであれば、戦う術を身につけたほうがいいのだが、今のチェルシーには厳しかろう」

「そうね。チェルシーちゃんはまずは、たくさん食べられるようになることから目指しましょうね。それから、人に守られる場合にどのように動くべきかを学んだほうが良いでしょうね」

同じ年の者たちよりも背が低く、貧相な体をしている自覚はある。

自分の身を守る術を持っていないのだから、守られるしかないのもわかる。

でも、なぜかモヤッとした気持ちがわく……。

ひとまず、わたしはお祖母様の言葉に頷いた。

「敵から逃れる術、助けを求める術も学んでおいたほうがよかろう。それらを学べば、身を守る術を学ぶときに大いに役立つからな」

「チェルシーちゃんもサージェント辺境伯家の血を引いているから、いつか戦う術が欲しいと思う日が来るでしょうね。でも、それはいつかであって今ではないの。ゆっくりでいいのよ」

お祖父様とお祖母様の言葉は、今後のわたしの人生に大きく響くことになった。

＋＋＋

二人の話を聞き終わった後、わたしはその足でグレン様が泊っている客室へと向かった。

ゆっくりとノックをすると、声が掛かったので中に入った。

そこにはグレン様だけでなく、子猫姿のエレもいた。

もちろん、挿し木用の枝の入った木箱の上に座っている。

『我が主は浮かぬ顔をしているようだが、何かあったのか？』

え？　そんな顔してるかな……？

そう思ったらつい、自分の顔にぺたぺたと触れてしまった。

「まずはゆっくり紅茶でも飲もうか」

グレン様はそう言うとそばにあったベルを鳴らして、メイドに紅茶を用意させた。

テーブルを挟んで向かい合わせにソファーに座る。

こうやってグレン様と向かい合わせに座るのは久しぶりだったので、少しだけ緊張した。

「それで、何があったのかな？」

一口紅茶を含んで、一息ついたところでグレン様が天使様のような優しい微笑みを浮かべた。

「いえ、大したことは何もなかったはずなんですけど……」

わたしは先ほど、お祖父様とお祖母様の三人で話した内容をグレン様とエレに伝えた。

話を聞いたグレン様は何とも言えない表情になった。

「チェルシーも立派にサージェント辺境伯家の血を引いているってことだね」

『まったく気づいておらぬようだがな』

二人……一人と一匹はそうつぶやくとお互いに顔を見合わせていた。

わけがわからなくて首を傾げていると、グレン様が教えてくれた。

「チェルシーのお祖母様が言っていただろう？　サージェント辺境伯家の血を引いているから、いつか戦う術が欲しくなるって。チェルシーは話を聞いている途中で、すでにそう考え始めていたってことだよ。守られるだけでなく、戦いたいってね」

『まったく難儀な一族だな。だが、我が主として相応しい』

背が足りない、体が貧相だからしかたないって諦めていたけど……なんとかしたいって気持ちがわたしの中にもあったなんて、気づいてなかった……！

「自分の気持ちに気づいたところで、チェルシーはどうしたいのかな？」

グレン様がいつもと同じ優しい笑みを浮かべて問いかけてきた。

答えは決まっていた。

「自分の身も守れて戦えるよう、強くなりたいです」

きっぱりと答えると、グレン様の笑みが少しだけ不敵なものになった。

「それじゃ、俺からひとつ、強くなる方法を教えてあげるね」

グレン様はそう言うと、人払いをした。

＋＋＋

「どんなときでも状況を把握することで、未然に防いだり、最善の策を考えたりできる。俺が教える強くなる方法は、把握すること」

グレン様は客室のテーブルの上にアイテムボックスから取り出した世界地図を広げて言った。

「というわけで、数日後に向かうラデュエル帝国について勉強しよう」

わたしが頷くと、グレン様はさらに犬や猫といった動物をかたどった小さな人形を並べた。

「以前にも話したけど、世界には五つの国があって、すべて中央にある魔の森に面している。俺た

ちが暮らすクロノワイズ王国は、ここ。地図の南東。ラデュエル帝国は西隣で地図の南西ね」

グレン様はそう言うと、地図の南西に動物をかたどった小さな人形を円を描くように並べた。

「帝国民のほとんどは、人にも獣にもなれる獣族で、仲間意識が強く、とても長命で、貴族や平民といった階級がないんだよ」

今度はお人形で出来た円の中心に竜をかたどった小さな人形を置いた。

「ラデュエル帝国はクロノワイズ王国とは違って、決闘を行って勝ったものが皇帝になるという順位制の国でね、三年前までは竜人という獣族の者が皇帝だったんだ。でも、病気になったから、退位したんだって」

竜をかたどった人形をぱたりと横倒しにすると、今度は熊をかたどった人形が置かれた。

「新しく皇帝となったのは、熊人という獣族の者だったんだけど、木をなぎ倒したり、岩を砕いたりする力はあるんだけど、賢さは少し足らなかったみたいなんだ……」

グレン様はそう言うと苦笑いを浮かべた。

「最初の一年は、竜人の前皇帝が残した政策でなんとかなっていたんだけど、次の年に特に大きな天候の変化などがなかったのに飢饉(ききん)が起きて、対処できなかったみたいなんだよね。それで、ラデュエル帝国はあっという間に荒れていった」

犬や猫といった動物をかたどった人形たちを次々に横倒しにしていく。

飢饉って、農作物が育たなくて飢えて苦しむものだよね。

庭師のおじいさんが小さいころに経験した話を聞いたけど、とても恐ろしいものだった。

男爵家にいたころはしょっちゅう食事を抜かれていたから、飢えの苦しさはとてもわかる。

わたしの生み出した種でみんな飢えずに生きていけたらいいんだけど……。

「それが昨年の話。今年になっても飢饉は続いているみたいで、ラデュエル帝国の特産品であるスパイスやハーブは一切、クロノワイズ王国へ入って来なくなった。完全に入らなくなる少し前くらいから、特に瘴気(しょうき)が増えたようで、サージェント辺境伯領にも流れてくるようになったんだ」

グレン様はそう言うとため息をついた。

「おかしなことに、飢饉で食糧難のはずなのに、ラデュエル帝国からは一度も支援要請が来ていないんだ。だからといって放っておけないから、何度か支援をしたいって内容の親書を送ったんだけど、全部お断りされて、クロノワイズ王国としては何もできなかったんだよね……」

さらにグレン様は深くため息をついた。

「瘴気は精霊以外には祓(はら)えないのでしょうか？」

ずっと疑問に思っていたことを伝えると、グレン様は顎に手を当てた。

「【風魔法】や魔術の《突風(ガストオブウインド)》なんかを駆使すれば、追い払うことはできるんだけど、消滅させるという意味では祓えないんだ」

「そうなんですね」

「サージェント辺境伯領では、【風魔法】の使える魔法士を雇い、決まった場所に瘴気を集めて、領民や田畑、果樹園などに広がらないように措置を講じているそうだ。だけど、ラデュエル帝国からは常に流れ込んできているから、どんどん収集場所の数が増えているらしい」

「なんとかできないのでしょうか……」

「状況を把握したチェルシーになら、できるよ」

グレン様はわたしのつぶやきにきっぱりと答えつつ、不敵な笑みを浮かべた。

『我が主は最強だからな』

木箱の上に座る子猫姿のエレが胸を反らせている。

わけがわからなくて、わたしは首を傾げるしかできない。

「チェルシーのスキルは『願ったとおりの種子を生み出す』ものだね。瘴気を祓う種でも瘴気を吸収する種でも、願えばなんだって生み出せるよ」

グレン様の言葉にわたしは目を見開いた。

そっか！　わたしのスキルなら、なんとかできるかもしれないんだ！

喜ぶと同時に、不安がよぎった。

「瘴気をなんとかする種を生み出しても、誰かに迷惑はかかりませんか？」

「……強いて言うなら、チェルシーが苦労するくらいかな」

グレン様はしばらく悩んだあと、そう答えた。

「わたしが苦労するだけ……ですか？　それでサージェント辺境伯領の困りごとが減るなら、いくらでもがんばります！」

握りこぶしを作って、そう宣言するとグレン様は苦笑いを浮かべた。

「がんばりすぎて、倒れないようにね？」

「はい！」

＋＋＋

グレン様と新しい種について話し合っていると、ノックの音がした。

人払いをしてあるので、騎士やメイドが入ってくることはないはずなんだけど……ということは、サージェント辺境伯家の誰かが来たということかな？

「フェリクスフォートでございます。そちらにチェルシーはおりますか？」

「ああ、いるよ。入ってもらってかまわない」

「では、失礼いたします」

グレン様がそう言うと、すぐにフェリクスお兄様が客室に入ってきた。

その表情はなんだか複雑そうで、夕立ちの降る前の薄暗い空のようだった。

フェリクスお兄様は、わたしの横に立つだけで何も話そうとしない。

どうしたんだろう？

首を傾げているとグレン様も同じように首を傾げた。

「何か、チェルシーに用があったのではないのか？」

グレン様の問いかけで、フェリクスお兄様はハッとした表情になった。

「あ、いえ、その……」

煮え切らない様子にわたしはまたしても首を傾げる。

本当にどうしたんだろう？

グレン様は腕を組んで、じっとフェリクスお兄様の頭上を見つめ始めた。

たぶん、【鑑定】スキルを使っているんだろう。

わたしのスキルを鑑定してもらったときにも、頭上を見ていたので間違いないはず。

「何を言っても、怒らず聞き流すと約束しよう。話してみるといい」

たぶん、特におかしなところはなかったのかも。

グレン様はそう言うとフェリクスお兄様に話をするよう促した。

「では、失礼とは存じますが……」

フェリクスお兄様はそう前置きをして、ムッとした表情になった。

「未成年である我が妹チェルシーが、結婚適齢期である男性と二人きりで長時間、同じ部屋で過ごしていると聞いたもので、とても心配になり伺いました！」

結婚適齢期の男性って、グレン様のこと……だよね？

この部屋には子猫姿だけどエレもいるから、二人きりではないんだけど……。

それよりも、どうして同じ部屋で過ごすと心配になるんだろう？

わたしが首を傾げていると子猫姿のエレがつぶやいた。

『我がおるかぎり、何もないと言ったところで伝わらぬだろうな』

エレが何を言ってもフェリクスお兄様には猫の鳴き声にしか聞こえないから伝わらないはず。

グレン様はといえば、眉をハの字にして困っているみたい。

「テーブルの上を見ればわかると思うが、チェルシーと勉強会を開いていただけで、やましいことは一切ない」

グレン様はそうつぶやき、テーブルの上を指した。

フェリクスお兄様はすぐに視線を向けると、驚いた表情へと変わった。

テーブルの上には世界地図が広げてあり、動物をかたどった人形たちが横倒しになっている。

「これは、家庭学習時に学ぶ世界情勢……ですね」

家庭学習というのは、物心ついたころから学校へ入る十三歳くらいまでの間に、家庭教師や家族から学ぶ基礎学習のことで、一般的な貴族の令息令嬢ならみんな学ぶものだそうだ。

ちなみに、十三歳になると王立学院や私立の学校へ入って、集団で貴族としてのマナーや知識の不足を補うらしいけど、わたしは特別研究員になったから、このまま学校へは行かないそうだ。

わたしは男爵家にいる間、家庭教師からも家族からも一切教育を受けていない。

庭師のおじいさんとメイドと料理人の三人に、読み書きと簡単な計算を教わっただけ。

三人がいなかったら、今も字が読めず計算もできなかっただろう……。

「チェルシーは以前いた男爵家で、こういったことを学ぶ機会がなかった。だから、時間を見つけて教えているんだが……。学習できていなかったことを近しい者以外には、知られないほうがいいと思い、人払いをしておいたんだ」

フェリクス様はグレン様の言葉を聞いて、お祖父様そっくりの泣きそうな顔になった。

「つ、つらい思いをしていたんだな……これからはお兄様がついているからな……！」

「ありがとうございます……？　フェリクスお兄様」

よくわからないけど、お礼を言うと頭を撫でられた。


「勘違いだとわかってもらえたようだね。ちょうど休憩をしていたんだが……。そうだ、フェリクスフォートにも意見を聞こう」

グレン様はそう言うと、いたずらを企（たくら）むような笑みを浮かべた。

「チェルシーが家族に花を贈りたいらしいんだが、どんな花がいいだろうか？」

……わたし、いつ家族にお花を贈ることになったのかな？

でも、これから仲良くしてくださいという気持ちを込めて贈るのは名案かもしれない。

わたしはじっとフェリクスお兄様の顔を見つめた。

「は、花ですか？」

突然の問いだったけど、フェリクスお兄様は腕を組んで考え始める。

「ユリ……でしょうか。祖母と母が特に好んでいる花なので」

「描くことはできるね」

グレン様は確信を持ってそう言うと、フェリクスお兄様も力強く頷いた。

「もちろん！」

テーブルの上にあった世界地図や動物をかたどった人形たちを、すべてグレン様が片付けると、ベルを鳴らしてメイドを呼び、紙と描くものを用意させた。

紙を前にしたフェリクスお兄様は、なんだか得意気な表情になっている。

「では、描きます――【絵画】」

フェリクスお兄様はそうつぶやくと、あっという間に大輪のユリの花を描いた。

それは今にも風に揺れるのではないかと思えるほど、実物そっくりでとてもきれい。

「本物みたいです……」

驚いてそうつぶやけば、フェリクスお兄様が嬉しそうに笑った。

「僕のスキル【絵画】は見たものをそのまま描くことができるんだ。これは、先日、廊下に飾られていたものだよ」

描かれたユリの花に見入っていると、フェリクスお兄様が感慨深げにつぶやいた。

「殿下は僕のスキルも把握しているのですね……」

「国が認める鑑定士でもあるからね」

グレン様はそう言うといたずらが成功した男の子みたいニッと笑った。

「この絵は本物そっくりだから、とても参考になるね。助かったよ」

「あ、ありがとうございます」

絵を褒められたことで、フェリクスお兄様はほんのり頰を赤くした。


それから、フェリクスお兄様は剣術の稽古があるとかで、名残惜しそうに部屋を出て行った。

「このユリの花を基準にして、考えようか」

もう一度人払いをしたあと、グレン様はそう告げた。

実物に近い絵があったほうが、生み出すときに想像しやすくていい。

「そうですね」

フェリクスお兄様が描いたユリの花の絵の横に、わたしの親指の爪くらいの大きさの半月型の種を描き加える。本物のユリの種はわたしの小指の爪半分よりも小さい。小さいと失くしそうなので大きいものにしておいた。

『瘴気を祓うのは我ら精霊の仕事だからな、花には瘴気を吸う能力をつけるといい』

子猫姿のエレが木箱の上で胸を反らせながらそう言った。

グレン様は頷いて、絵に書き加えていく。

「ある程度瘴気を吸収したら、種をひと粒生み出して枯れて、肥料となるようにしようか」

『土壌を豊かにすれば、瘴気によって枯れた地も蘇るであろう』

グレン様とエレの話にわたしはうんうんと頷いた。

「植えたらすぐに芽が出て育ったほうがいいですよね？」

「できるかぎり早く対処したいだろうし、それがいいね……これで完成かな」

フェリクスお兄様が描いたユリの花とわたしが描いた種、それからグレン様が書き加えた『瘴気を吸収するユリの花の種』の設計図を何度も読み返した。

「それでは、生み出しますね」

わたしが告げるとグレン様とエレが頷いた。

「瘴気を吸収するユリの花の種を生み出します――【種子生成】」

ぽんっという軽い音のあと、テーブルの上に半月型の青い種が現れた。

それをグレン様がじっと見つめて……【鑑定】スキルで確認してもらう。

「名前は『ブルーリリィ』。真っ青な花が咲き、瘴気を吸収すると枯れて肥料になる……成功だね」

グレン様の言葉に、わたしは手を合わせて喜んだ。

「チェルシーの魔力量的に、あと二十五回くらい種を出すことができるよ」

「では、ぎりぎりいっぱいまで種を生み出しますね！」

サージェント辺境伯領に流れ込んできているすべての瘴気が吸収されてなくなってほしい。

そう思いながら、わたしは次々に種を生み出していった。

何度も何度もスキルを使ううちに、テーブルの上にはこんもりと種の山が出来ている。

ほんの少しだけ息苦しさや体のだるさを感じるけど、領地のためならまだ大丈夫！

そう思いつつ、つぶやいた。

「ブルーリリィを生み出します――【種子生成】」

すると視界がぐらっと揺れて、ばたりと倒れ込んだ。

幕間2. グレンとブルーリリィ

Interlude

チェルシーの体がぐらりと揺れて、倒れそうになったところを、俺は間一髪で受け止めた。

向かい合わせに座っていたので、本当に危なかった……。

ステータスを確認すれば、スキルを使いすぎて魔力切れを起こして眠り込んだのだとわかる。

「また、そうやって無茶をする……」

『まったくだ。魔力切れ直前は息苦しさや気だるさを感じるはずであろう?』

「チェルシーの状態異常はすべて治したから、感じるはずなんだけど……。痛みや苦しみに慣れすぎていて気づきづらいのかもしれないね」

『チェルシー様にはそのあたり、あとで厳しく言わねばならんな』

子猫姿のエレは、精霊樹の挿し木の入った木箱の上で心配そうな表情をしている。

「このままだとあらぬ疑いをかけられてしまうね……」

ゆっくりとチェルシーをソファーへ寝かせつつ、そうつぶやいた。

ひとまず、テーブルの上にあるチェルシーが生み出した瘴気(しょうき)を吸い取る種……ブルーリリィをすべてアイテムボックスに回収した。

そして、すぐにベルを鳴らしてメイドを呼び、チェルシーを部屋へ連れて行くよう頼んだ。

+++

それから数時間後、俺とサージェント辺境伯家当主ジェイムズは、屋敷の南西に位置する広い荒野の前に立っていた。

そこには黒くてドロドロとした黒っぽい気体……瘴気が集まっている。

まるで生きているかのようにうごめく瘴気は、【風魔法】による結界に阻まれて、荒野からは動けないようになっていた。

「かなり高濃度だな。近づくだけでも、息苦しさを感じる」

と言っても、俺は【転生者】の特典で丈夫な体を持っているため、そういうものは感じにくい。

護衛としてついてきている騎士たちは、とてもつらそうな表情をしている。

「では、チェルシーが生み出した種を植えようか」

「これが、その種ですか」

ジェイムズは俺の手のひらにある半月型の青い種を不思議そうな目で見つめていた。

とても変わった色の種は、瘴気を吸い取るためにチェルシーが生み出したものだ。

「驚きすぎて腰を抜かさないように」

精霊樹の種を植えたときの様子や、研究所の畑の状態を思い出しつつそう伝えると、ジェイムズは引きつった笑みを浮かべた。

俺は足元にある小さな地割れを起こしている地面に、そっとブルーリリィの種を差し込んだ。

その途端、にょきっと子葉が出てきて、気づくと本葉が伸び……あっという間に俺の腰くらいの背丈まで育った。

そこから、大きなつぼみがつき、ぽんっと大輪のユリの花が開いた。

種と同じ色の真っ青なユリの花が風に揺れる。

【鑑定】スキルで真っ青なユリの花を調べると円グラフのようなものが表示され真っ青な円が徐々に真っ黒になっていく様子が見えた。

それが瘴気を吸収しているという意味なのだろう。

円が真っ黒になった途端、ブルーリリィの花は枯れ、実がなり、種をひと粒ぽろりと落とすと、葉や茎がさらさらと崩れて、肥料へと変わっていく。

そして、落ちた種からまた芽が出て花が咲き……と何度も繰り返されていった。

護衛の騎士たちは、驚きすぎて口が大きく開いていた。

ジェイムズは目を見開いたまま、固まっている。

「さすがチェルシーだな。設計図どおりにどんどん瘴気を吸収し、代わりに肥料を生み出している。だが、ここまで早く育って枯れるとは思わなかったな」

チェルシーが生み出した種だったが、なぜか我がことのように嬉しくなり、俺はニヤッとした笑みを浮かべた。

「さて、早く撤収するためにもう何粒かあの瘴気を囲うように植えよう」

半月型の青い種をジェイムズや護衛の騎士たちにも配り、植えさせた。

彼らはみな、自分が植えた種を驚きながらも眺めていた。


しばらくの間、何度も何度も育っては枯れるブルーリリィを全員で見つめていた。

だんだん息苦しさを感じなくなったようで護衛の騎士たちの表情にも余裕が出てきた。

視覚的にもドロドロとした黒っぽい瘴気は色が薄れて、だんだん見えなくなっている。

荒野に集められていた瘴気がすべてなくなるころには、ブルーリリィの花は枯れなくなった。

つまり、この場にある瘴気をすべて吸い尽くしたということだ。

「終わったようだな」

俺の言葉に、その場にいた者たちは無言で頷いた。

「まるで嵐のような成長を繰り返していたのに、今は海のように凪いでおりますね……」

ジェイムズは風に揺れる数本の青いユリを見つめながら、そうつぶやいていた。

「他にも瘴気を集めている場所があるのだろう？」

「はい、ございます」

「今日生み出してもらった種の数では、心もとないだろう。明日以降にまた種を生み出してもらえるよう頼んだほうがいいだろう」

俺の言葉を聞いたジェイムズは、風に揺れるブルーリリィの花を見つめながら、頷いた。

3. 前皇帝からの使者

I'll Never Go Back to Bygone Days!

夕方、わたしは自分の部屋のベッドで目が覚めた。

がんばりすぎないと約束したのに、結局わたしは魔力を使い果たして倒れてしまった……。

ベッドの上で頭を抱えても何も変わらないけど、抱えずにはいられない。

しばらくそうしていたあと、頭を振り払って、ベッドから出た。

あのあとどうなったのか気になるので、グレン様のいる客室へと向かう。

ノックをすれば、すぐに中へと通された。

「やあ、チェルシー。魔力は回復したようだね」

グレン様は天使様のような優しい微笑み(ほほえ)みを浮かべるとソファーへ座るよう促した。

『まったく！　チェルシー様の体はひとつしかないというのに、なぜそうまで無理をするのだ！』

ソファーの近くに置いてある木箱の上から子猫姿のエレがそう叫んだ。

「ごめんなさい……」

申し訳ない気持ちでいっぱいになりながら、謝るとエレがため息をついた。

『もう少し自身の体を大事にするように！』

「はい……」

子猫姿のエレは腰に前足を当てて、仁王立ちをして怒っているようだったけど、それは心配してのことだとわかるので、素直に頷(うなず)いた。

「あのあと、どうなったのでしょうか?」

そう尋ねるとグレン様が教えてくれた。

「メイドに頼んでチェルシーを部屋に運んでもらったあと、ジェイムズ殿と一緒に瘴気(しょうき)を集めている場所へと向かって、ブルーリリィの種を植えてきたよ」

そこで一旦区切るとグレン様は楽しそうな笑みを浮かべた。

「ブルーリリィは花を咲かせては、瘴気を吸って枯れて種を生み出して……っていうのを何度も何度も繰り返して、その場所にあった瘴気をすべて吸い取ったよ。他にも瘴気を集めている場所があるようだから、種はジェイムズ殿に預けておいた」

「よかった……」

ほっと一息つくと、グレン様が優しく微笑んだ。

「ジェイムズ殿がブルーリリィを見て、海のようだとおっしゃっていたよ」

「海はまだ見たことがないので、見たかったです……」

「ラデュエル帝国へ向かう途中に少しだけ寄り道して、見ていこうか」

「いいんですか？」

わたしがそう問えば、グレン様は頷いてくれた。


それから数日間、ブルーリリィの種を生み出し続けた。

今度こそ、無理しすぎないという約束を守るため、生み出す数は一日二十個までにした。

十回分も多く魔力を残すなんてもったいないんじゃないか？　と思っていたんだけど、世の中何が起こるかわからないから、余力は残しておいたほうがいいんだって。

生み出したあとは、養父様にすべて渡している。

渡した種は、サージェント辺境伯領の役人や兵士、魔法士たちの手によって、瘴気を集めている場所へ植えてもらっているらしい。

これで、サージェント辺境伯領の瘴気問題は解決……のはず。

次は、ラデュエル帝国だね。

＋＋＋

屋敷の応接室に、ラデュエル帝国の前皇帝の使者を名乗る人がやってきた。

わたしよりも少し背が高い女の人はにこにこしながら、こちらを見ている。

橙に近い黄色の髪の間から大きな狐のような耳が見えていて、おしりのあたりからふわふわとした太い尻尾が見えるので、獣族なのだとわかる。

人にも獣にも変身できるって聞いていたけど、一部分だけ獣にもできるんだね。

毛先を三つ編みにしているところが、少しだけジーナさんに似ている気がした。

「初めまして！　狐人のミカなのよ～。普段は料理人をしているのよ～」

ミカ様はその場で、くるりと回って、にこにことした笑顔を向けてきた。

これがラデュエル帝国風の挨拶のしかたなのかな？

わたしが驚いている間に各自、自己紹介が進んでいく。

「グレンアーノルド・スノーフレークだ。スノーフレーク公爵家当主であり、クロノワイズ王国、王弟でもある」

「ジェイムズフォート・サージェントでございます。サージェント辺境伯家当主をしております。本日は、見届け役として参加させていただきます。こちらは娘のチェルシーでございます」

わたしは養父様の言葉に合わせて、その場でカーテシーを披露する。

養女ではなく、娘として紹介してもらえるとは思っていなくて、またしても驚いた。

ミカ様はわたしの姿に小さく手を叩いて喜んでいる。

「お話に聞いていた貴族のご令嬢って感じなのよ～！　とってもかわいらしいのよ～！」

初めて会った人に突然かわいいと言われたため、わたしは顔を赤くしてしまった。

恥ずかしくて、両手で頬を隠すと、ミカ様がさらににこにこし始めた。

「ひとまず、座って話そうか」

グレン様とミカ様は一人掛けのソファーに、わたしと養父様は三人掛けのソファーに座る。

それから、わたしの座るソファーの隣に、挿し木用の枝の入った木箱があって、その上に子猫姿のエレが座っている。

メイドが紅茶とお菓子を運んだあと、養父様が人払いをした。

「ミカ嬢……」

「ちょっと待ってほしいのよ～」

グレン様の言葉に、ミカ様は手で制した。

「ミカは使者だけど、普段はただの料理人なのよ～。呼び捨てでいいのよ～」

どうやら、嬢をつけて呼んだのがよくないらしい。

「では、ミカさん……でどうだろうか？」

「う～ん……それで我慢するのよ～」

ひとまず、さんづけで呼ぶことに落ち着いた。

「では、改めてことの経緯を聞こうか」

グレン様がそう言うと、ミカさんが頷いた。

「まずはロイズ様の話をするのよ～」

そう言うと、ミカさんはポケットから、両手くらいの大きさの紙を取り出した。

どう考えても、ポケットの大きさよりも大きい……もしかしたら、グレン様と同じアイテムボックスが使えるのかもしれない。

「これがロイズ様の似顔絵なのよ～。竜人のロイズ様は三年前まで、ラデュエル帝国の皇帝だったのよ～。ミカの料理の師匠で、養父でもあるのよ～」

紙に描かれている前皇帝のロイズ様は、長い髪をした男の人で耳が尖(とが)っていてその上に太くてまっすぐな角が生えていた。すべて黒で描かれていたので、本来の色はわからない。

「ロイズ様は三年前に病に侵されて、皇帝を辞めたのよ～。それからしばらくの間、お城で次の皇帝の様子を見ていたんだけど、追放されちゃったのよ～。今は魔の森とクロノワイズ王国の国境近くに家を建てて、毎日魔物を倒しながら隠居生活してるのよ～」

病気になって退位したことはグレン様から聞いていた。

その後、追放されたとか、病気なのに毎日魔物を倒しているという話は知らなかったので、とても驚いた。

「次は現皇帝のベアズリー陛下の話をするのよ～。ロイズ様が皇帝を辞めたあとに、大々的なバトルトーナメントが行われたのよ～。そこで優勝したのが熊人のベアズリー陛下なのよ～」

そう言うとミカさんは、短い髪の間からちょこんと丸くて小さな耳の出ている、とても太った男の人の似顔絵を見せてくれた。

「ベアズリー陛下は戦うことしか考えられないおバカさんなのよ～。だから、文官たちががんばって、国を維持していたのよ～。ところが、ベアズリー陛下……酒場で仲良くなったっていうニセモノの占い師を信じちゃったのよ～！」

「どうしてニセモノだとわかったんだ？」

グレン様が問うとミカさんはロイズ様の似顔絵を指した。

「ロイズ様は【鑑定】スキル持ちだから、すぐにわかったのよ～。ちなみに職業欄には詐欺師って書いてあったらしいのよ～！」

「なるほど……」

【鑑定】の結果なら、間違いないね。

「ベアズリー陛下はそのニセモノの占い師に、『精霊樹の木片を持ち歩けば、瘴気は寄ってこない。帝国民を守るために精霊樹を切り倒し、木片を配るべき』って言われて、そのとおりにしちゃったのよ～！」

ミカさんはそこでめいっぱい頬を膨らませて、ムッとした表情になった。

「精霊樹がなくなったら、精霊たちがいなくなって、瘴気が祓(はら)えなくなることなんて、み～んな知ってるのに、ホントおバカさんなのよ～！」

「え!?」

わたしはつい、驚きの声をあげてしまった。

クロノワイズ王国では、精霊が瘴気を祓う存在だってことはあまり知られていない。

以前、わたしが精霊樹の種を生み出すときに、古の文献を読んだことでグレン様もトリス様も知ったみたいだった。

グレン様と養父様を見れば、二人とも口元を押さえながら、目を見開いて驚いている。

「なぜ、精霊樹がなくなったら、精霊が現れなくなり、瘴気が祓えなくなると知っているんだ？　クロノワイズ王国では、古の文献に記載されていて、知るものは少ないのだが……」

わたしが考えていたこととまったく同じことをグレン様が尋ねると、今度はミカさんが目を見開いて驚いていた。

「人族は寿命が短いから、口伝が途切れたのかもしれないのよ～。ラデュエル帝国では、小さいころにお父さんやお母さんから眠る前に聞かされるような有名な昔話なのよ～」

わたしは物心ついたときから、ずっと屋敷から離れた小屋に暮らしていて、ひとりで寝起きしていたから、眠る前に昔話なんてしてもらったことがない。

眠る前にお話を聞かされるって、どんな感じなんだろう？

「もしかしたら、地域によっては伝わっているのかもしれないが、自分は聞いたことがない。詳しく教えてもらえないだろうか？」

グレン様がそう頼むと、ミカさんは両手を頬に当てた。

「あれは子どもに聞かせる昔話なのよ～？　それをここで語る……のよ～？　恥ずかしいのよ

〜！」

ミカさんは尻尾をぎゅっと抱えて、恥ずかしそうにしている。

グレン様と養父様はお互いに顔を見合わせて、どうしたものか？　と言っているように見える。

「こ、子どもなら、わたしがいます……」

そろりと小さく片手を上げると、ミカさんの尻尾がぴんっと立った。

「そうなのよ〜！　チェルシーちゃんがいるのよ〜！　あれ？　そういえば、どうしてチェルシーちゃんがここに混ざっているのよ〜？」

「えっと……」

挿し木できるのがわたしだけだからです……って言っていいことなのかな？

グレン様と養父様を交互に見れば、首を横に振られた。

「チェルシーがここにいる理由は、話を聞き終わってから、お伝えします」

養父様がそう言うとミカさんは口をへの字にした。

「それって、昔話も聞かせるという意味なのよ〜？」

「もちろんでございます」

「しかたないのよ〜。あとで絶対チェルシーちゃんのこと教えてなのよ〜！」

ミカさんはそう言うと、両手で顔を軽くパンパンパンと三回叩き、声色を変えて語り始めた。

+++

むかしむかし、あるところに精霊樹と女の子がおりました。

女の子はいつもひとりぼっちで、瘴気と戦っていました。

それを見ていた精霊樹は、女の子を憐れんで、どこからか精霊を呼び寄せました。

精霊とは瘴気を祓う力のある者。

女の子と精霊は、力合わせて瘴気を消し続けました。

それから長い年月が経ち、女の子は大人になりました。

ある日、どこからか男がやってきて、大人になった女の子に求婚しました。

ところが大人になった女の子は言いました。

「精霊がいるから、誰とも結婚しない」

どうしても大人になった女の子と結婚したかった男は思いました。

——精霊がいなくなれば、受け入れてくれるはずだ。

そこで、男は精霊を呼び寄せた精霊樹を燃やして灰にしました。

すると精霊は消えて、瘴気が溢れ出しました。

精霊樹は女の子のことを思い、そこにあるだけで、瘴気を寄せ付けないようにしていたのでした。

大人になった女の子は精霊がいなくなったことで、瘴気と戦う気力をなくしてしまいました。

男は何もできずにあっという間に瘴気に飲まれて、化け物へ変わってしまいました。

＋＋＋

「はい、おしまい……なのよ～」

わたしは気がついたら、ミカさんに向かって小さく拍手していた。

こういった昔話を聞くのは初めてだったので、とても面白くて聞き入ってしまった。

グレン様と養父様はどこか難しい表情をしている。

木箱の上に座っているエレがなぜか下を向いて、しょんぼりとしているように見えた。

「このお話を聞いて育つから、精霊樹を切り倒すなんて普通は考えられないのよ～。それなのに、ベアズリー陛下は『精霊樹の木片を持ち歩けば、瘴気は寄ってこない。帝国民を守るために精霊樹を切り倒し、木片を配る』と言って、切り倒すよう命令したのよ～。ラデュエル帝国は強者の発言は絶対なのよ～。止めるためにはベアズリー陛下と戦って倒すしかないのよ～……」

そこまで話すと、ミカさんが大きくため息をついた。尻尾も力なく、だらんとしている。

「……ロイズ様がベアズリー陛下を倒そうとしたのよ～。でも、思っていたよりも病気が悪化して、戦う前に倒れちゃったのよ～……」

ミカさんはロイズ様がとても大切なのだと、表情と尻尾から伝わってきた。

「そこからどうして、挿し木して欲しいという話につながるんだ？」

グレン様がそう問うとミカさんは姿勢を正した。

「国民全員に精霊樹の木片は行き渡ったのよ〜」

ミカさんは胸元から皮紐につるされた精霊樹の木片を見せてくれた。

ガラスのようにキラキラ光る木片はわたしの小指の爪の半分よりも小さい。

「精霊樹の木片を持ち歩いているかぎり、帝国民は瘴気によって、気が触れる恐怖から解放されたのよ〜。でも、家畜や植物、田畑は守られなくなったのよ〜。精霊樹があることで守られていた土地がどんどん汚れていったのよ〜」

「つまり、大きな天候の変化もなく飢饉が起きたという噂を聞いていたけど、あれは人工的に起こったいわば人災というわけか……」

ミカさんは力なく頷いた。

「ロイズ様は、せめて他国への迷惑は最小限にしようと、追放されたあとは国境近くに移り住んで、病気の体で魔物と戦ったり、瘴気が流れないように風の魔術で押さえたり、枯れた土地でも育つ植物を探したりしているのよ〜。できるかぎりのことをしてから、寿命を迎えようって覚悟をしていたところに、精霊樹が蘇ったという噂を聞いたのよ〜！」

王城の真横にある王立研究所。そのすぐそばに精霊樹が生えたことは、王都にいるものなら誰でも知っている。ガラスのような幹や葉を持ち、五階建ての王立研究所と同じ高さの巨木なんて、目立たないわけがない。

それは商人や旅人を通じて、大陸中の人々に知れ渡っていることなので、ロイズ様の耳に入ってもおかしくない。

「精霊樹を挿し木すれば、精霊が現れて瘴気を祓ってもらえるのよ～。クロノワイズ王国へ流れる前に祓ってもらうのよ～。詳しいことはロイズ様と話してほしいのよ～」

「では、ロイズ殿とお会いして、さらに詳しく話を聞くことにしようか」

グレン様の言葉にミカさんがうんうんと頷いた。

「全部話したのだから、チェルシーちゃんがここにいる理由を教えてほしいのよ～！」

すっかり忘れていた。

グレン様と養父様に視線を向ければ、頷かれた。伝えていいという意味だろう。

「それはその……挿し木できるのがわたしだけだから、です」

「つまり、チェルシーちゃんが精霊王と契約しているのね！　だからここにいるのね～。すごいことなのよ～！　とってもナイショにしなきゃいけないのよ～！」

ミカさんは嬉しそうに笑うと、尻尾をぶんぶん振った。

「どうしてそこまで知ってるんですか？」

さきほど聞いた昔話に、挿し木できるのは精霊王と契約している者だけなんて話は出てこなかったのに、ミカさんは知っているようだった。

不思議に思って首を傾げると、ミカさんはにっこり笑った。

「ロイズ様は獣族の中でも一番長命な竜人なのよ～。古の文字を読み書きできるし、古い伝承も詳しく知っているのよ～。瘴気のことを調べているうちに知ったのよ～」

古の文字を読み書きできるなんてトリス様が聞いたら、きっとうらやましがるかもしれない。

わたしは、ミカさんの言葉に素直に納得した。

4. ラデュエル帝国へ向かおう

I'll Never Go Back to Bygone Days!

翌日、わたしたちはラデュエル帝国の国境近くにあるロイズ様の家へ向かうことになった。

王都から一緒に来ている護衛の騎士はたくさんいるんだけど、わたしたちがラデュエル帝国へ向かうのは、できるだけ極秘にしたほうがいいらしい。

そのため、一緒に向かう護衛の騎士は厳選して四人ということになった。

「ベアズリー陛下に知られたら、何されるかわからないのよ～。だから、こっそり向かうのよ～」

ミカさんはそう言うと幌(ほろ)馬車を指した。

よくわからなくて首を傾(かし)げるとミカさんは笑った。

「ミカはしょっちゅう買い出しのために幌馬車でこっちに来てるのよ～。食材の隙間に隠れていれば、見つからないのよ～」

「つまり、密入国か？」

「国境検問所にいる兵士には、話をつけてあるから大丈夫なのよ～」

問題なのは見知らぬ人に見られて、ウワサ話などで広がることだそうだ。

幌馬車の荷台にわたしとグレン様、子猫姿のエレと挿し木用の枝が入った木箱を乗せてもらい、その周りに野菜や果物などが入ったカゴを並べれば、買い出し帰りにしか見えない。

さらに周囲に傭兵のような服装をした護衛の騎士たちが歩くそうだ。

ミカさんが御者台に座り、ゆっくりと幌馬車を走らせていく。

御者台と荷台の間に壁はないので、ミカさんの鼻歌が聞こえてきた。

「そういえば、ずっと思っていたのよ～。その子猫ちゃん大人しいのよ～」

子猫姿のエレは、ミカさんが来てからひとこともしゃべっていない。

常に挿し木用の枝に魔術を使い続けているから、疲れているのかも？

視線を向けたら、欠伸をするだけで何も言わずに丸くなった。

「ああそうだ。寄り道するくらいの時間はあるだろうか？」

「夕方までに帰れば大丈夫だから、あるのよ～」

グレン様とミカさんはそう話すと、街道から少し道をそれた場所で幌馬車を止めた。

「ここなら、人がいないから降りても大丈夫そうなのよ～」

ミカさんの言葉を受けて、グレン様と一緒に幌馬車を降りると、そこには真っ青なユリ……ブルーリリィが咲いていていた。

「約束、守ってくださったんですね」

そうつぶやくと、グレン様は天使様のように優しく微笑んだ。

ブルーリリィの咲く荒地には、たくさんの肥料が撒かれていた。

それは花が咲き、枯れるたびにできるもの。

少し前まではここに大量の瘴気があった証だった。

「見たこともない色のユリなのよ〜。もっといっぱい咲いてたら海のようなのよ〜」

御者台に座るミカさんが、そんなことを言っていた。

いつか本物の海を見てみたいな……。


国境検問所では、身分を証明する物や通行許可証を兵士に見せる必要がある。

検問所に立つふさふさの尻尾を生やした兵士さんは、ミカさんの姿を見るとニヤッとした笑みを浮かべた。

「今日は大所帯じゃないか」

「最近はキケンなのよ〜？」

「食糧難が悪化してるもんな。食料を運ぶんなら護衛はいたほうがいいよな」

兵士はそう言うとまたしてもニヤッと笑って、わたしたちを素通りさせた。

幌馬車の荷台の中を検めることもせず、傭兵のような服装をした護衛の騎士たちの通行許可証を確認することもなかった。

しばらく進んでから、ぽそりとミカさんがつぶやいた。

「あの兵士はロイズ様からお手紙で事情を知らされているのよ～」

だから、ニヤッと笑っていたんだ。

「ロイズ様からお手紙もらって大喜びしていたのよ～。みんなロイズ様が大好きなのよ～」

ミカさんの言葉に納得して頷(うなず)いていたら、幌馬車が道を曲がった。

途中で街道を外れると聞いていたので、驚きはしない。

さらに進むと、木の柵で囲まれた家が見えた。

丸太で出来た家は、王立研究所の宿舎のわたしの部屋と同じくらいの広さに見えた。

「ここがロイズ様の家なのよ～」

ミカさんはそう言うと、家の横に幌馬車を止めて、中へと入った。

わたしとグレン様、挿し木用の枝が入った木箱とその上に乗ったエレを抱えた護衛の騎士がミカさんのあとにつづいていく。

「ただいまなのよ～！　ロイズ様、まだ生きてるのよ～？」

「あん？　まだ生きてるぞ」

ミカさんの問いかけに反応して、家の奥から背の高い男の人がゆっくりと歩いてきた。

黒に近い緑色の長い髪は、布と一緒に三つ編みにしてあって、歩くたびにゆらゆら揺れている。

瞳は深い緑色でなんだか吸い込まれそう。

耳は人族と同じ位置にあるんだけど、長くて先が尖(とが)っていて、その上には大きくて太くて黒い角がまっすぐに生えていた。

ウロコと、先に髪と同じ黒に近い緑色の毛が生えた尻尾が、さらに竜人なんだと実感させる。

似顔絵で見たよりも少し老けて見えるのは、病気のせいかな？

じっと見つめていたら、不思議そうな顔をされた。

「変わった客を連れてきたんだな」

「ロイズ様が連れてきてほしいと言ったのよ～？　忘れちゃったのよ～？」

「もしかして、クロノワイズ王国の人族か？　まさか本当に連れてくるとは、ミカはすごいなー」

「どうして、棒読みなのよ～！　もっとちゃんと褒めるのよ～！」

ミカさんの顔はムッとした表情なのに、尻尾はぶんぶん揺れていて喜んでいるようだ。

「はいはい、えらいえらい」

ロイズ様はさらに棒読みっぽい言い方をしつつ、ミカさんの頭を乱暴に撫でた。

ミカさんの尻尾がさっきよりもぶんぶん揺れている……。

「さてと、それじゃ話をしようか。おまえたちはこっちのソファーへ座ってくれ」

わたしとグレン様は、勧められるままソファーへと腰を掛けた。足元にエレの乗った挿し木用の枝が入った木箱を置いてもらう。

子猫姿のエレはあいかわらず、木箱の上で丸くなって眠っている。

ロイズ様はローテーブルを挟んで向かい側にある三人掛けの大きなソファーにもたれた。

ミカさんが手際よく、ローテーブルにお茶とお菓子を並べていく。

並べ終わると、ロイズ様が座るソファーの後ろに立った。

「まずは自己紹介からだな」

ロイズ様はそう言うと気だるそうな表情をして言った。

「オレはラデュエル帝国の前皇帝ロイズだ。今は隠居して田舎暮らしを満喫中だ。ここは適度に魔物が出て、運動できてちょうどいい」

「……クロノワイズ王国、王弟グレンアーノルド・スノーフレークだ。今回の精霊樹に関する件の責任者としてここへやってきた」

「初めてお目にかかります。わたしは、チェルシー・サージェントでございます。王立研究所の特別研究員をしております」

短期間で覚えた令嬢らしい言葉を使って自己紹介をしたけど、おかしいところはなかったかな？

たくさん話すと普段の口調に戻ってしまうので、なるべく黙っているようにしないと……。

ロイズ様はわたしの顔をちらっと見るだけで、すぐに視線を上のほうへ向けた。

その後、グレン様の頭上へ視線を向けてからは、驚いた表情になっている。

グレン様に視線を向ければ、ロイズ様と同じように驚いた表情をしていた。

二人ともどうしたんだろう？

そういえば、ロイズ様も【鑑定】スキルを使えるってミカさんが話していた。

お互いに【鑑定】スキルを使って、何か驚くようなことを知ってしまったのかもしれない。

二人の様子を交互に観察していたら、ロイズ様がぼそぼそと何かをつぶやいた。

「まさかこのタイミングで【転生者】に会うとか、さすがに驚くだろ……」

何を言っているのかわたしには聞き取れなかったけど、グレン様には伝わったようで、何度もうんうんと頷いている。

「俺以外にもいるとは思っていたけど、まさか前皇帝だとは思わないよね」

「たしか百年ぶりだな……グレンって呼び捨てにしてもいいか?」

「ああ構わない。俺もロイズと呼び捨てにさせてもらおう」

話の流れを聞いているかぎり、グレン様とロイズ様は珍しいスキルを持っていて、お互いに驚いたってことかな。

「ああそうだ。ミカが和食を作れるから、今夜は泊まっていけよ」

「何度も夢見た和食が……た、食べられるのか……!」

珍しくグレン様の目がキラキラと輝いた。それを見ているロイズ様も嬉しそうに笑っている。

よくわからないけど、初めて会ったわりに二人は仲良いみたい。

場が和んだところで、ロイズ様が姿勢を正した。

「さてと、本題に入るぞ」

ロイズ様はそう言った途端、ごほごほと咳き込んだ。ミカさんがそっと背中をさすっている。

「まずはここまで来てくれたことに深く感謝する。本来であれば、オレがクロノワイズ王国へ足を運ぶべきだったんだが……はっきり言って、今のオレには旅ができるほどの体力がない」

病気のために退位したと聞いていたけど、旅ができないほどひどいとは思っていなかった。

あまりにも心配になって、ロイズ様をじっと見つめたら、ニヤッとした笑みを返された。

心配無用ってことかな……。

「ミカからある程度、話を聞いているとは思うが、改めて精霊樹に関する計画について、聞いてもらいたい」

ロイズ様は、そう言うとどこからか……たぶん、アイテムボックスから地図を出して、わたしたちに見せた。

地図にはクロノワイズ王国とラデュエル帝国の境目にいくつも印がついている。

「国境ぎりぎりに精霊樹を等間隔に挿し木していけば、瘴気はクロノワイズ王国へ流れずに済む」

「ちょっと待ってくれ。本数の指定はなかったから、一本分しか用意していない」

グレン様はそう言うと、足元に置いてある木箱へ視線を向けた。

木箱の上には子猫姿のエレがいる。

エレはその場で伸びをすると、ちょこんと座った。

『挿し木用の枝はそう簡単に何本も用意できぬ。この印と同数の挿し木用の枝を用意するとなれば、数年はかかるであろう』

「あん？　ただの子猫じゃないのか」

ロイズ様は普通の人には聞こえないはずの子猫姿のエレの言葉が理解できたようで、じっとエレの頭上を見つめた。

【鑑定】スキルを持っている人なら、言葉が理解できる……ってことかな？

「獣族の猫人かとも思ったが、精霊を統べる王の仮の姿ってやつか……へえ、面白いな」

どうやら【鑑定】スキルを使って、正体を確認したらしい。

「そういや、チェルシーの職業欄に『精霊王の契約者』ってのもあったな」

ロイズ様はそう言った途端、なぜかピタッと動きを止めた。

しばらくしてから、さび付いた人形のようにギギギッと動いて、わたしに視線を向けた。

「……こんな小さな子が契約者だとは思ってなかった。長旅させてすまなかった」

ロイズ様はそう言った途端、先ほどよりも激しく咳き込み始めた。

ミカさんが必死になって背中をさすっても、なかなか止まらない。

とても苦しそうだし、つらそう。なんとかできたらいいのに……。

「おかしい……今日は調子が良かったんだがな……」

「さっきから【鑑定】スキル使いまくってるからなのよ〜！　もう少し控えるべきなのよ〜！」

ミカさんは文句を言いつつも、心配のためか尻尾はしょんぼりと垂れ下がっていた。

「どのような病気で……ございますか？」

令嬢らしい口調を思い出しながら聞いたけど、ロイズ様は視線をそらして何も教えてくれない。

教えたくないってことかな？

首を傾げていたら、隣に座るグレン様がつぶやいた。

「魔力欠乏症と言って、魔力壺に魔力が溜められなくなる病気だよ」

「おい、グレン。こんな小さな子に心配かけるようなことを教えるな」

「……成人まであと三年ございますが、そこまで小さな子ではございません」

ゆっくりと令嬢らしい言葉で伝えれば、ロイズ様は何度も瞬きを繰り返した。

「そうだな。特別研究員になってるのなら、小さな子ども扱いは間違っていた。申し訳ない」

ロイズ様はそう言うと、病気について教えてくれた。

魔力欠乏症とは、まるで魔力壺に穴が開いたかのように魔力が溜められなくなる病気だそうだ。

本来であれば、眠ったり食事を摂ったりすれば、魔力壺に魔力が満たされていくんだけど、何をしても徐々に枯渇していき、最終的に死に至るらしい。

「常人であれば、半年から一年ほどで死亡する……。オレはミカが作る薬膳料理を食べることで、三年近く延命してきた。だが、それもそろそろ終わりに近い」

そう言ったロイズ様の表情は諦め切ったもので、ソファーの後ろに立つミカさんはといえば、泣かないように口を引き結んでいた。

＋＋＋

少し休憩してからにしよう……ということになり、わたしとグレン様は一度家の外へ出た。

幌馬車の荷台に隠れるようにして乗っていたときから、薄々気づいていたけど、周囲の木々のほとんどが枯れている。

草花は一切見当たらず、地面はひび割れていた。

家の裏側へと回ってみると、そこにはロイズ様の家三つ分くらいの広さの畑があって、いろいろな苗が植えてあった。

そういえば、ミカさんがロイズ様は枯れた土地でも育つ作物を探しているって言っていた。

それがこの植物たちなのかもしれない。

でも、すべて枯れている。

本当に食糧難なんだ……。

それを実感していたら、グレン様がつぶやいた。

「ロイズは考えられること、試せることをやった上で、精霊樹に頼るしかないという結論に至ったのだと、この畑を見ているとわかるね」

「退位したけど、今も帝国民のことを考えて動いているんですね……」

民のことを考えられる王様なら、長生きしたほうがいいにちがいない。

「【治癒】スキルは病気を治せないんですよね？」

以前聞いた話を思い出して尋ねると、グレン様は頷いた。

「病気の種類によっては手術すれば治る場合もあるんだけど、魔力欠乏症は人には見えない魔力壺の異常だから、手術はできない。頼るとするならば、薬だろうね」

わたしのスキル【種子生成】は願ったとおりの種子を生み出すもの。

どんな種でも……例えば、ロイズ様の病気を治す薬となる種でも、願えば生み出せる。

「ロイズ様を助けるために、薬となる種を生み出したいです」

気づいたらそんな言葉が口からこぼれていた。

グレン様は一瞬驚いた顔をしたけど、すぐにいつものように優しく微笑んだ。

「本当は俺のほうから頼もうと思っていたんだけど、チェルシーに先を越されたね」

「ロイズ様が元気になれば、挿し木したあと、しっかりと精霊樹を守ってもらえると思うんです。挿し木した精霊樹がすぐに切り倒された……なんてことになったら困るし……」

そう言うとわたしの頭をぽんぽんと優しく撫でた。

「よし、挿し木する前に、まずはロイズの病気を治そう」

「はい！」

わたしはグレン様の言葉に力強く頷いた。

＋＋＋

家に戻るとロイズ様は、三人掛けのソファーにもたれかかりながら、ニヤッとした笑みを浮かべていた。

「戻ってきたか。少しはマシになってから、続きを話すぞ」

さきほどとあまり変わった様子はないので、ロイズ様の言葉は強がりだとわかる。

話を進めるために、苦しいのを我慢しているのかも……。

そう思った途端、胸がきゅっと締め付けられる感じがした。

ミカさんが淹れなおしたお茶をローテーブルに並べていく。

「その前に、こちらの話を聞いてもらえないだろうか？」

ロイズ様は小さく首を傾げつつも、頷いた。

ひとまずソファーに姿勢を正して座る。

グレン様は大きく深呼吸してから話し始めた。

「ロイズも俺と同じ【鑑定】スキル持ちだから、すでにチェルシーがどんなスキルを持っているのか把握済み……で間違いないだろうか？」

「願ったとおりの種子を生み出すスキル【種子生成】なんて、今まで生きてきた中で一度も見たことがないスキルだな。それで？」

ロイズ様はあっさりと、わたしのスキルについて語った。

「わたしは、ロイズ様の病気を治す薬となる種を生み出したいです」

令嬢らしい言葉なんか使わずに、わたしの気持ちをそのままぶつけると、ロイズ様は不思議そうな顔をして首を傾けた。

ロイズ様のソファーの後ろに立つ、ミカさんの尻尾がぶわっとふくらんだ。

「チェルシーとは、今日会ったばかりだ。初めて会ったやつが病気だったら、誰でも治したいと思うのか？」

「誰でも治したいわけじゃないです」

わたしは首を横に振り、続けてさきほどグレン様と話していた内容を伝える。

「……たしかに、退位したあとも帝国民のことは考えている。百年近く皇帝をやっていたから、忘れろと言われても無理があるな。正直なところ、オレが育てた国が荒れていく様を見ているのはつらい……。できることなら、病を治して、もう一度皇帝に戻りたいとさえ思っている」

ロイズ様はぽつりぽつりとつぶやくと、黙った。

背後に立っているミカさんがぶるぶると震えている。

「ろ、ロイズ様の病気……本当に治せる……のよ？」

「わたしのスキルなら、治せます」

きっぱり告げれば、ぶわっと膨らんでいたミカさんの尻尾がぶんぶん揺れだした。

「病気が治せるんなら、何に縋ってもいいから治してもらうべきなのよ～！　ロイズ様はそれだけ、帝国民に必要な人なのよ～！　何躊躇してるのよ～！」

ミカさんはそう言いつつ、ロイズ様の頭を持っていたトレイで何度も叩いた。

「ミ、ミカ、落ち着けって！」

「これが落ち着いてられるか、なのよ～！　ロイズ様の病気を治してもらって、あのおバカさんな皇帝ベアズリー陛下とニセモノの占い師をぶん殴るのよ～！　ぼっこぼこにするのよ～！」

現皇帝がニセモノの占い師を信じたことで、精霊樹をすべて切り倒すことになって……それで、瘴気を祓えなくなって飢饉になったから、恨みは深いんだね……。

「ミカの気持ちはわかった。帝国民の大半がオレに復活してもらって、あいつらをぼこぼこにすることを望んでいるだろうよ」

そう言った途端、ミカさんはロイズ様を叩くのをやめた。

「オレの病気が治るなんて、誰も考えてなかった。オレも諦めていた。そんな状況で復活してみろよ……あいつら、どんな顔するだろうな……」

ロイズ様はだんだんとニヤッとした笑みから、魔王のような不敵な笑みへと変化させていった。

「ぜひともオレの病気を治してくれ！」

わたしは力強く頷いた。

＋＋＋

「新しい種を生み出すときには、詳細な設計図を作らないと、想像できなくて生み出せないんです」

すっかり令嬢らしい口調を忘れて、そう告げるとロイズ様がニヤッと笑った。

「チェルシーは今の口調のほうが合ってる。さっきまでの令嬢らしいやつは堅苦しいから、オレの前では使うなよ」

「は、はい」

無礼だって怒られるどころか、使うなって言われるとは思っていなかったので、驚いた。

「で、設計図だったか……『エリクサー』みたいな薬を作ってもらえばいいんじゃないか？」

「チェルシーが生み出せるのは種だから、『エリクサー』の入った種ってことだね」

ロイズ様とグレン様がいう『エリクサー』というものがわからない……。

「『エリクサー』……ってどういったものですか？」

わたしの問いに二人は首を捻（ひね）りつつ答えた。

「毒でも麻痺（まひ）でも呪いでも、ありとあらゆる悪い状態を治すことができる液体……かな」

「オレが知っているものだと、さらに体力も魔力も全回復するものだったな」

毒も麻痺も呪いもありとあらゆるものが治って、体力と魔力が回復する?

なんだか、世の中のすごいことを全部足してひとつにしたようなものらしい……。

「液体だったら……ココヤシの種みたいに、中にジュースが詰まっている感じでしょうか」

「ああ、それいいな。でも、あまり大きいと持ち運ぶのに不便だろうから、手のひらに乗るくらいの大きさにしたらどうだ?」

ロイズ様はそう言って、手のひらの上に自分の拳をちょこんと乗せた。

「ワインのコルク栓みたいにへたが栓になっていたら、飲むのも簡単なのよ~?」

ミカさんがワインボトルを指したあと、手に持っていたオレンジのへたの部分をぽんっと取って見せてくれた。

『その種は植えたとしても実がならず枯れるものにするように』

「どうして実がならずに枯れるようにするの?」

不思議に思って子猫姿のエレに問えば、神妙そうな顔をされた。

『万が一、悪人の手に渡りかけても、地に落ちさえすれば、悪用されずに済むであろう?』

エレの言葉にわたしは何度も頷いた。

すごい効果のある種だから、対策しておくのって大事だよね。

「味はココナッツジュースとは違って、すっきりとした甘さがあって、誰もがおいしいと感じるものにしようか」

グレン様はココナッツジュースの味は苦手だと言っていた。

飲むために生み出すのだから、味も重要だね。

あとは、葉っぱの大きさや茎の高さ、花の大きさ……、それらについて話し合っていく。

だいぶまとまったので、いざ、紙に描こう……となったんだけど、問題が起こった。

わたしもグレン様もロイズ様も絵がとても下手で……試しに描いてみたけど、ひょろひょろとしたよくわからない植物になってしまった。

こういうとき、トリス様がいてくれたら……！

「ミカが描くのよ～」

ミカさんはそう言うとさらさら～っと描いた。

少し独特な描き方だけど、この中では一番うまい！

グレン様とロイズ様がミカさんを尊敬のまなざしで見ているのが微笑ましかった。

絵の横に、種の中の液体が『エリクサー』と言われるもので、先ほど言っていた効果があることを書き込んだ。

「完成ですね」

わたしがそう言うと、みんな頷いた。

新しい種の設計図を何度も読んで覚えようとしたんだけど、ここでひとつ、問題が起こった。

「魔力を回復させるというのは、魔力壺が満たされるように考えればいいんですけど、体力って入れ物がないのでどうすれば……」

どうしても、体力を回復させるというのが想像できない。

設計図のとおり……と願ったとしても、わたしの想像できないものは生み出せない可能性がある。

そう思って、聞いてみるとグレン様とロイズ様は顔を見合わせた。

「【鑑定】スキル持ちならば、体力も魔力も数値化して見えるから想像しやすいんだろうけど……」

「うーん……どうやって説明すればいいんだ……」

結局、体力が回復するという一文は、設計図から消すことになった。


設計図を何度も読んで、十分覚えたと思ったところで、わたしは力強く頷いた。

「設計図どおりの種を生み出します――【種子生成】」

そうつぶやくと、ぽんっという音とともにわたしの両手のひらに、丸くてオレンジ色で栓のついた種が現れた。

グレン様とロイズ様が同時にじっと見つめて、鑑定しているらしい。

「うわ……本当に『エリクサー』だ」

ロイズ様がぽつりとつぶやいた。

「名前は『エリクサーの種』。効果は、あらゆる状態を正常なものにし、魔力を最大値まで回復する。だそうだ……」

わたしはそっと、ロイズ様に種を渡した。

ロイズ様はごくりと喉を鳴らしたあと、ゆっくり受け取って、そして……すごい勢いで栓を外して、一気に飲み干した。

ドキドキしながら、ロイズ様の様子を見ていると、突然叫んだ。

「うおおおおお…………！　魔力が満ち溢(あふ)れてくるぞおおおおお…………！」

突然の叫び声に驚いていると、ロイズ様は蕩(とろ)けるような笑みを浮かべた。

「命の恩人、チェルシー！　いいや、チェルシー様！　オレはあなたに忠誠を誓おう！」

「え!?」

ロイズ様はわたしの片手をすくうと、手の甲に額をくっつけた。

「いついかなる時もチェルシー様に身を捧(ささ)げ……」

そこまで言ったところで、ミカさんがすごい勢いでロイズ様に飛び蹴りした。

ロイズ様はあっけなく吹っ飛ばされて、ばたりと床に転がった。

「相手の意志を問わずに、勝手に婚姻を結ぼうとするなんて、最低なのよ～！」

ミカさんは尻尾をぶわっと大きくさせつつ、怒りの形相でそう叫んでいる。

それを聞いたグレン様も同じように怒りの形相になり、ロイズ様を睨(にら)み始めた。

こんいん……？　結婚のことだよね……？

「ロイズ様って、ミカさんと結婚しているのかと思っていました」

「ありえないのよ～！　ロイズ様は養父で師匠なだけで、恋愛感情は一切ないのよ～」

「人族はわからないが、獣族は娘息子、兄弟姉妹に対して恋愛感情を抱くことはない。拾ったとはいえ、実の娘のように育てたミカにそんな感情を抱くことは一生ないな」

ロイズ様はミカさんの言葉を補うように教えてくれた。

「チェルシー様に対しては娘や妹のように思ったことはない。だから、すぐにでも自分のものにしたい気持ちが……」

そこまで言うと、ミカさんはロイズ様に向かって、持っていたトレイを投げつけた。

「自分勝手すぎるのよ～！　クズなのよ～！」

ロイズ様は転がったままなのに、トレイをうまくキャッチしている。

「いや、違うんだ。チェルシー様のスキルは非常に有能で、とても危険で狙われやすいものだから、オレと婚姻して常に守ればいいかと思って……」

「ロイズ様なら、チェルシーちゃんを守ることは簡単なのよ～。でも、同意なしの婚姻は認められないのよ～！　一生、ロイズ様につきまとわれるチェルシーちゃんがかわいそうなのよ～！」

「命の恩人をいきなり囲おうとするとはいい度胸だね、ロイズ」

グレン様から今まで一度も聞いたことのない、とても低い声が聞こえてきてびっくりした。

「さすがにグレンとミカを同時に相手するのはきついな」

ロイズ様はそう言うとようやく立ち上がって、今度は跪(ひざまず)いた。

「改めて言おう。病を治してくれて感謝する。婚姻はできないが、いついかなる時もオレはチェルシー様の味方となることを誓う」

こういうとき、どんな言葉を口にすればいいのかわからない。

「エリクサーの種は本当に危険なものだ。できるかぎり存在は隠したほうがいい」

ロイズ様は心配そうな表情でそう告げた。

「えっと、あの、その……心配してくださって、ありがとうございます」

なんとか絞り出してそう伝えれば、ロイズ様はその場で身もだえ始めた。

「チェルシー様がかわいすぎて、もうだめかもしれない……」

「ロリコンか！」

「違う！　獣族は外見年齢や大きさを自由に変えられるから、見た目で判断しないだけだ！　心を愛する種族なんだ！」

ロイズ様とグレン様が何か話しているけど、わたしには聞こえなかった。

＋＋＋

「きちんとしたお礼を渡さないとな」

そう言うとロイズ様はアイテムボックスから、小箱を取り出した。

「開けてみてくれ」

受け取って開けてみると、中には黒くて丸い石のついたネックレスが入っていた。石には見たこともない紋章が彫ってある。

「それは毒除けのネックレスだ。毒入りの食べ物を食べたり、毒をかぶったりしても、そのネックレスをつけていれば、中和される。間違いなくチェルシー様の役に立つから、ぜひ持っていてほしい」

「ありがとうございます」

わたしは素直に受け取って、すぐに首にかけた。

なぜか、隣に座っているグレン様の表情が険しくなった気がする……。


「病気が治ったことだし、精霊樹の挿し木をする場所は帝都に変更しよう」

ロイズ様はそう言うとぐっと拳を握りしめた。

「オレはこれからベアズリーを叩きのめして、もう一度皇帝に返り咲く」

その言葉に、ミカさんの尻尾がぶんぶんと揺れる。

「皇帝となったら、住居が帝都に変わるからな。オレが守れる範囲に精霊樹を挿し木すべきだろう」

わたしとグレン様が同時に頷く。

「というわけで、すぐに帝都に向かいたいところだが……体力を回復させる時間が欲しい」

エリクサーの種の中の液体を飲んでも、魔力は回復するけど、体力は回復しない。

ロイズ様はずっと魔力壺が空に近くて、息苦しかったりだるい状態が続いていたから、体力も落ちていたのだろう。

「それなら、快気祝いをするのよ～！　ごちそういっぱい作るのよ～！」

ミカさんはそう言うとパタパタという足音を立てて、キッチンへと向かった。

「一晩で回復するだろうから、食材を使い切る勢いで使っておけよ」

ロイズ様はキッチンに向かってそう叫んでいた。

「わかってるのよ～！　お城に戻ったら、料理させてもらえるかわからないのよ～！　だから、今日はめいいっぱい作るのよ～！」

今度はミカさんの声がキッチンから聞こえてくる。

「お手伝いします」

なぜかとてもワクワクして、自然とそうつぶやいていた。

＋＋＋

出来上がった料理をローテーブルやダイニングテーブルに並べていくと、グレン様が口元に手を当てつつ、料理名をつぶやいていく。

「中華がゆ……味噌煮込みうどん……玉子焼き……煮っころがし……漬物……」

「ミカの作る料理はほとんどが箸を使って食べるものなんだが、チェルシー様と騎士たちには難しいだろう。フォークを使うといい」

ロイズ様はそう言うと、箸を使ってチョキチョキと何かを挟むような動きをしている。

試しに持ってみたけど、どうやって持てばいいのかわからない……。

グレン様は嬉しさを噛みしめるような顔をして、箸を摑み、ロイズ様と同じ動きをしていた。

「よし、それじゃ、いただきます」

「いただきますなのよー」

「……いただきます」

ロイズ様の言葉に、ミカさんとグレン様が続いたけど、『いただきます』って何の合図だろう？

首を傾げていたら、ロイズ様がニヤッと笑った。

「食べる前に神に祈りを捧げるだろ？　オレは作ってくれた人と食材に感謝することにしてるんだ。それが『いただきます』だ」

わたしは食べる前に大地の神様に祈りを捧げている。

『食事を与えてくださり、ありがとうございます。おいしくいただきます』の意味を込めて祈りを捧げているんだけど、それと同じ意味みたい。

「わかりました。いただきます」

三人に合わせてそう言えば、グレン様は普段よりも優しく……むしろ甘い感じで微笑まれた。

一瞬ドキッとしたけど、すぐにグレン様がおいしそうにご飯を食べ始めたので、ふわっと消えた。

……今のなんだったんだろう？

「懐かしい……どれもこれもうまいな……」

グレン様は少し涙目になりながら、どの料理も丁寧にゆっくりと食べていた。

全種類、少しずつ食べたけど、たしかにどれも全部おいしかった。

「チェルシーちゃんは、玉子焼きが好きなのよ～」

「ほんのり甘くて……って、どうしてわかったんですか？」

「玉子焼きだけ他よりも多く食べていたのよ～。今後の参考にするのよ～」

ミカさんはそう言うと手帳にさらさらと記入していった。

「これだけおいしい食事を摂ったら、魔力の総量が増えそうですね……」

噛みしめながら食べていたら、ロイズ様に首を傾げられた。

「最近の研究で、おいしい食事を適量摂ると魔力の総量が増えるってことがわかったんだ」

「なるほど……たしかに裕福でいい食事を摂ってる獣族の者ほど、魔力の総量は多いもんな」

グレン様の言葉に、ロイズ様は何度も頷いていた。

「この食材はどこで手に入れたんだ……？」

「米も味噌もしょうゆもすべて、ラデュエル帝国の一部の地域で生産されている。少量しか作られていないから、他国へは出回っていない。今は瘴気のせいで、どこも荒野になっていて、生産中止しているが、オレが復活したら輸出してもいい」

「なんとしてでも、ラデュエル帝国を救うぞ！」

ロイズ様の言葉を聞いたグレン様はなぜかとてもやる気に満ち溢れていた。

幕間3. グレンとロイズ

Interlude

時間は少し遡って……。

狐人で料理人で、ついでにロイズの使者でもあるミカさんがキッチンに立つと、チェルシーは手伝いに向かった。

その間に、俺とロイズは二人にはあまり聞かせたくない話をしていた。

「エレが以前、【転生者】に会うのはひさびさだと言っていたから、俺以外にもいるとは思っていたけど、会えるとは思っていなかったよ」

「オレが生きてる間だと、グレンで六人目だな。百年に一人くらいは現れているような感じだ」

「たしか、在位百年超えていたような」

「ああ、生まれてから五百年近く放浪して、あまりにも暇だったから皇帝になってみた。なってみると街づくりのゲームみたいで楽しくて、あっという間に百年経っていたな」

ロイズはそう言うとニヤッと笑った。

「キッチンから懐かしい匂いが漂ってくるんだけど、ミカさんが作っているのは和食か？」

「正解！　ミカは放浪しているときに拾ったんだけど、【料理】なんてスキルに目覚めたから、オレがとことん料理を教えてやった。前世でいうところの和洋中なんでも作れるぞ」

「それが、薬膳料理につながるのか……」

「食べることで体の不調を整える。そういう考えは、獣族の中にはなかったからな。あいつら、塩振った肉を食べればそれでよしっていう脳筋ばっかりで……」

「つまり、現皇帝も脳筋……ってわけか」

俺の言葉にロイズは深くため息をついた。

「しばらくは、あれこれと注意しつつも見守っていたんだが、病気が悪化するにつれて、態度がどんどんでかくなって、気づいたときには追い出されてた」

「ロイズなしでよくやれると思ったな」

「ニセモノの占い師がべったりと現皇帝について、常に助言をしていたからな。いけると思ったんだろうよ。賢者級の【鑑定】スキルでじっくり調べたら、職業が詐欺師ってなっていたのには驚いたな。そういやそいつちょっと変わっててさ……」

ロイズはそう言うと思い出すように少し遠くを見始めた。

「もうひとつの職業が『嫉妬に駆られた代行者の崇拝者』で、『祝福：原初の精霊樹の灰』っていう表示になってたんだ。灰の効果を読んでる途中で魔力が尽きて倒れたから、詳しくはわからなかったが、あれはいったい何だったんだろうな」

ロイズの言葉に俺も首をひねる。

「気になる単語が多すぎて、わけわからないね。そもそも代行者ってなんだろうか？」

「神話の時代に数多の神がこの世界を創造したとされているのは知っているな？」

ロイズの言葉に頷く。

「世界を創造したのは神だが、その後、繁栄させたのは代行者と精霊王なのだそうだ。ラデュエル帝国の皇帝になると読める文献にそう記されている」

グレンはすぐに精霊を統べる王の仮の姿である子猫へと視線を向けた。

「事実なのか？」

エレは下を向いてはいたが、コクリと頷く。

『……神が創造した世界には、さまざまな人型の種族がいたが、何もなかった。我は彼女とともに、この世界を豊かにするため尽くした』

「代行者って女性なのか。今もこの世界にいるのか？」

『わからぬ。我は彼女と契約しておらぬゆえ、存在を感知できぬ』

「契約してないのに、代行者の力になったというのか……」

ロイズがそうつぶやくと、エレは頭を上げて、何度も瞬きを繰り返した。

『言われてみれば、そうであるな。我は契約をしておらぬのに、なぜか彼女のために力を貸した。喜ぶ代行者を見ていると誰もが力を貸したくなる存在であった……不思議なものだ……』

エレはそうつぶやくとそれ以上話すつもりがないという意思表示のように、木箱の上で丸くなって眠り始めた。

「話は変わるけど、チェルシーのスキルは、本当にヤバイな」

「そうだね……。下手すれば、簡単に世界を滅ぼせる」

「魅了の種なんか作った日には、世界征服も夢じゃないな」

　ロイズの言葉に俺は固まった。

　それは考えたことがなかったな……。

「あとはラデュエル帝国が食糧難なうちに、無限に食料を生み出せる種なんか配ったら、聖女として崇められるんじゃないか？」

　それに関しては俺も考えていたので、うんうんと頷いた。

「必ず種を生み出すときは、俺に相談するようにと、決して悪い種は生み出さないようにという約束はしたけど、どこまで通用するか……」

「そこで、オレと婚姻を……っていうのは冗談だが、帝国内ではオレの庇護下にあるって示しておくべきだ」

「クロノワイズ王国の王弟の庇護下だけでは、他国には通用しない……のは確かだね」

　そこでロイズはニヤッと笑った。

「さっきチェルシー様に渡したネックレスだがオレの紋章が刻み込んである」

「それはまさか……婚約の証とかか？」

「いいや、あれは後見人の証だ。ミカも同じものを持っている。心配ならあとで聞いてみろよ」

俺はロイズの言葉を疑いつつも頷き、そしてミカたちがいるキッチンへと向かった。

「そんなに心配なら、グレンが婚約者になればいいだろうに……」

ロイズがそうつぶやいていたが、俺は聞かなかったことにした……。

5. 力こそ正義

I'll Never Go Back to Bygone Days!

一晩明けて、ミカさんが作ってくれた朝食を食べたあと、わたしたちはラデュエル帝国の帝都へ向かうことになった。

また馬車での移動になるのかと思っていたんだけど、ロイズ様が竜に変身して、わたしたちを運んでくれるって……！

「皇帝になる前は、よく荷運びをしてた」

そう言うとロイズ様はアイテムボックスから、馬のない十人乗りの馬車を取り出した。

馬は怯(おび)えるから連れて行けないらしい。

「では、変身するが、驚くなよ……？」

ロイズ様はそう前置きして、変身した。

現れたのは蛇のように長い体に馬のようなたてがみ、とかげと同じ位置に手足がついている見たこともない生き物だった。

おとぎ話に出てきた竜は、大きな翼がある生き物だったはずだけど……。

「ドラゴンじゃなくて、東洋の龍なんだな」

グレン様がそうつぶやくと、竜の姿となったロイズ様はニヤッと笑った。

「この姿になれるのは、竜人の中でもオレだけだ。翼もなしに空を駆けるから、誰もが不思議がる」

「え？　飛べるんですか？」

ロイズ様の言葉に驚くと、力強く頷（うなず）かれた。

「さあ、馬車に乗れ」

グレン様とわたしとミカさん、それから護衛の騎士が四人、挿し木用の枝が入った木箱とその上に座っている子猫姿のエレ……七人と一匹を乗せた馬車をロイズ様は片手でつまみ、手のひらに載せるとあっという間に空に浮かび上がった。

馬車の中なのに、まったく揺れないなんて……なんだか不思議。

「雲が見えるのよ～」

ミカさんに言われて小窓から外を見れば、青空の中に白い雲の塊がいくつもあった。

普段なら見上げてみる雲が飛んでいる高さにあるなんて……！

下を見てみれば、山の木々は枯れて茶色や黄色になっている。地面は薄（う）っすらと闇色の空気が漂っていた。

遠くに見える畑も同じように闇色の空気が漂って見えるので、全部枯れているのだろう。

途中で地上を歩く人が見えたけど、その周りだけ闇色の空気がなかった。

「みんな精霊樹の木片を持ち歩いているのよ～。でも、瘴気を寄せ付けない効果の範囲はとても狭いのよ～」

ミカさんはそう言うと首にかけていた木片を取り出した。

「この大きさでミカしか守れないのよ～。隣に座る騎士さんたちは範囲外なのよ～」

そう言われた騎士がぎょっとした表情になった。

わたしたちは精霊樹の木片を持っていない。

帝都に降り立ったら、瘴気に飲まれてしまうんじゃないのかな……？

『ここには挿し木用の枝もあるが……チェルシー様に精霊樹で出来たブレスレットを渡してある。この竜化した竜人の大きさくらいまでなら、瘴気を寄せ付けぬだろう』

それって、ロイズ様のお家くらいの広さだね。

子猫姿のエレの言葉を聞き、手首にはまっているブレスレットを見れば、キラッと輝いた。

ミカさんには子猫姿のエレの言葉は理解できないらしい。

ブレスレットのことを説明すると目を見開いて驚かれた。

「すごいのよ～！　そんなもの持っている人いないのよ～！　精霊樹の枝は曲げるとパキッと折れるのよ～。こんな風に輪っかになるなんて信じられないのよ～！」

ミカさんはさらに熱く語った。

「このブレスレットがあれば、騎士さんたちも瘴気から守られるのよ～。安心して戦えるのよ～！」

その言葉に、乗っていた四人の騎士たちは全員ホッとした表情をしていた。

「早く挿し木したいね」

そうすれば、広範囲に瘴気を寄せ付けなくなるのだから、できるかぎり早く挿し木したい。

そう思ってつぶやけば、エレがコクリと頷いた。

『今はこの枝を守らねばならぬゆえ、瘴気を祓うことはできぬ。我も一刻も早く挿し木していただきたいと思っている』

話をしている間に、帝都が見えるほど近くまで着いたらしい。

馬車で十五日かかる距離が半日もかからないだなんて、すごい！

空から見る帝都には、クロノワイズ王国の王都と違って壁がなかった。

「壁がないんですね」

わたしがそうつぶやくとミカさんは頷いた。

「強さが第一のラデュエル帝国の帝都は昔から強い人ほど、外側に住んでいるのよ～。外側に住む人たちは力の強さを示すために外から来た魔物や悪人を倒すのよ～。いつでもかかってこい！　の意味を含めて昔から壁がないのよ～」

壁がなくても強い人たちが帝都を守っているんだ。

クロノワイズ王国とはまったく違う考え方なので、驚いた。

帝都の中心には丸い屋根の変わった形のお城ととても広い決闘場があった。

お城の周りにも高い壁がない。

どうやって皇帝陛下を守るんだろう？

それを尋ねるとミカさんは人差し指をピンと立てた。

「皇帝はラデュエル帝国で一番強いから、守られる必要がないのよ～。皇帝と戦いたいなら正々堂々とした決闘を申し込まなきゃなのよ～。不意打ちは絶対ダメなのよ！」

「万が一、不意打ちを行ったらどうなるんだ？」

グレン様がそう問うとミカさんはニヤッと笑った。

「不意打ちで勝った人は、帝国民全員で地の果てまで追いかけて、全員でボコボコにするのよ～！」

ミカさんってふんわりした見た目とは違って、戦うことが好きみたいだね。


お城の中庭に馬車を下ろすと、ロイズ様はすぐに人型へと変身した。

それから、全員が降りたのを見計らい、馬車をどこかへしまう。

こんなに大きなものが一瞬で消えてしまうなんて、ロイズ様もグレン様と同じアイテムボックスが使えるのだろう。

お城の中庭には、わたしたちが到着してから続々と人が集まっている。

みんな、驚いた表情をしつつ、ロイズ様を見つめているみたい。

しばらく周囲の人たちの様子を見ていたら、人垣がサッと割れて、太った男の人がやってきた。

短い髪の間からちょこんとしたかわいらしい丸い耳が生えていて、髪色も瞳の色も服装も全体的に茶色い太ったおじさん。似顔絵で見たラデュエル帝国の現皇帝ベアズリー陛下だ。

「ロイズじゃねえか」

ベアズリー陛下はロイズ様を睨みつけながらそう言った。

「久しぶりだな、ベアズリー」

ロイズ様はといえば、魔王のような見下した笑みを浮かべている。

普段のニヤッとした笑みとは違うので少し驚いたけど、こちらのほうが似合っている。

「何しに来やがった？　俺様に文句があるなら、決闘で勝ってからにしろよ？　まあ、その病気の体で勝てるならな！」

ベアズリー陛下は物語の悪役のようにぐはははという笑い声をあげた。

「病気なら治ったぞ」

「は!?　あんなもん、治るような病気じゃねえだろうが！　ウソもたいがいにしろよ！」

「それは戦ってみればわかることだ。というわけで、オレは現皇帝ベアズリーに決闘を申し込む！」

ロイズ様の言葉に周囲の人たちは喜びの声をあげた。

「さすがにベアズリーの行動は目に余る。隠居などしておれん」

ほとんどの人が喜んでいるようだったけど、一部の人たちは視線を彷徨わせたり、落ち着かない様子で体を揺らしたりしていた。

「よかろう。決闘を受けるのは皇帝としての義務。すぐに決闘場へ向かうぞ！」

ベアズリー陛下の言葉を聞いた途端、周囲の人たちがいっせいに決闘場へと歩き出した。

わたしたちも周囲の人たちに合わせて、歩き出そうとしたところ、グレン様がさっとわたしの手を取った。

「はぐれないようにつないでおこうね」

周囲にいるのはわたしよりも背の高い大人ばかりで、少し怖くもあり、素直に頷いた。

「あれ？　そういや、瘴気がないな」

誰かがそう言うと次々に不思議がる声が聞こえてきた。

挿し木用の枝と精霊樹のブレスレットがあるので、わたしたちから一定距離の瘴気はよけていく。

この瘴気を寄せ付けない空間の中心に、わたしたちがいることに気づいた人たちは驚いた表情で見つめていた。


「私が審判を行おう」

決闘場に到着すると、身なりの整った犬耳の男の人がベアズリー陛下とロイズ様の間に立った。

「これより、現皇帝ベアズリー陛下と前皇帝ロイズ様の決闘試合を行う。異議ある者は前に出よ」

決闘場に集まった人々は誰も前に出ることなく、様子をうかがっている。

「異議なしとみなす。では、ルールの確認を行う」

ルールはとても簡単で、降参を認めたら負け、意識を失うと負け、決闘場の外へ出ると負けだそうだ。

「最後に相手が死んだ場合、無効試合とする。では、準備はいいかね？」

審判役の男の人がそう問うと、ベアズリー陛下が熊の姿に変身した。

ロイズ様は人型のままらしい。

「さて、やるか」

「やってみろよ、病み上がりが！」

「そうだ。病み上がりだからな……手加減はしてやれん」

ロイズ様は魔王のような笑みを浮かべて腰に手を当てて立ち、ベアズリー陛下は腰にある剣を引き抜き構えた。

「では……始め！」

審判役の男の人の声と同時にベアズリー陛下がロイズ様に向かって駆けていく。

どどどどという重たそうな音がするので、ベアズリー陛下の体はとても重たいのだろう。

対するロイズ様は、一歩も動かずにベアズリー陛下の剣を素手で払いのけると、反対の手で喉元を掴（つか）み持ち上げた。

そして……そのまま遠くへと投げた。

あんなに軽々投げるなんて驚き……ってどこまで飛んでいくの？

驚いている間に、ベアズリー陛下は決闘場の外まで飛んでいき、大きな音がした。

その場にいた何人かが慌てて決闘場の外へと出て行く。

審判役の男の人がロイズ様に向かって恭しく頭を下げると言った。

「ベアズリー様、場外により……勝者、ロイズ陛下！」

歓声が決闘場に響き渡ると、ロイズ様は拳を空に向かって突き上げた。

「今からオレが皇帝だ！　オレはこれから、精霊樹を国中に増やし、以前よりもいい国にする！

覚悟しておけ！」

そう叫ぶと周囲の人たちが一斉に駆けていき、ロイズ様の周りに集まりだした。

「きゃっ」

わたしは人の波に流されてもみくちゃにされそうになっていた。

そこをグレン様がぎゅっと抱きしめてかばってくれた。

突然の出来事だったから、わたしの心臓の音は速く大きく聞こえる。

しばらくそのまま抱きしめられていると、人の流れが緩やかになった。

その代わりではないけど、どこからか太鼓や笛の音が聞こえてきた。

音の鳴るほうへ視線を向ければ、大きな御輿(みこし)が頭上を通りすぎていった。

そして、その御輿にロイズ様が乗ると不思議なポーズを取りながら、そのままお城へと運ばれていった。

何が起きたのか理解できなくて、口をぽかんと開けていたら、グレン様に覗き込まれた。

「なんだかすごいことになったね」

コクリと頷くと、グレン様は抱きしめるのをやめて、また手をつないでくれた。

周囲にいた人たちは「祭りだ！」「これから忙しくなるぞ！」「さあ、準備だ！」などと騒ぎながら、四方へと散っていく。

ミカさんはといえば、腰に手を当てて、嬉しそうに笑っていた。

「それじゃ、みんなでお城へ行くのよ〜」

どんどん遠ざかるロイズ様の乗った御輿を見つめながら、わたしたちはお城へと向かった。

＋＋＋

お城に着くとすぐに案内の人がやってきて、会議室へ連れて行かれた。

ここでもわたしはグレン様と手をつないだまま歩いている。

会議室に入ると、一番奥の席にロイズ様が座っていて、囲うようにさまざまな獣族の人がいた。

その獣族の人もロイズ様に対して恭しい態度をしつつ、何かを述べている。

「黄色っぽい服を着てるのが文官で赤っぽい服を着てるのが武官なのよ〜」

斜め後ろに立つミカさんが教えてくれた。

しばらくするとひと段落ついたようで、ロイズ様がわたしに視線を向けた。

「みんなも知っていると思うが、俺は病気になっていた。それを治してくれたのは、隣国クロノワイズ王国から来た、グレンアーノルド殿下とチェルシー嬢だ！　二人の助力がなければ、帝位を取り戻すことはできなかった！　二人を賓客としてもてなすように！」

文官と武官の獣族の人たちはわたしとグレン様に視線を向けると、さまざまな表情になった。

ある人は軽く会釈してきたし、ある人は無表情、ニヤニヤとした笑みを浮かべている人や蔑むような目で見ている人もいる。他には眉根を寄せている人、歓迎を表しているようにニコニコしている人などがいた。

いろいろな視線を一気に受けて怖くなり、体が震える。

すると、つないでいる手をグレン様がきゅっと軽く握ってくれた。

一人じゃないって思い出させてくれて、ほんの少しだけ気が楽になった。

「それで、いつまでここに立たせておくつもりなんだ？」

グレン様はそう言うと大きくため息をついた。

「すまない。すぐにもてなせ！」

ロイズ様の言葉に獣族の従者っぽい男性がしぶしぶ椅子を持ってきた。

そこに、わたしとグレン様は座った。

ミカさんは斜め後ろに立ったまま、座らないでいる。

「……三年前と比べて、嫌な文官と武官がたくさん増えているみたいなのよ～」

「つまりここは、敵地か」

ミカさんの言葉に、グレン様がぽつりとつぶやいていた。

「どうしてあの二人がこの会議室にいるのですか?」

無表情な鹿耳の文官が問うと、うさぎ耳の武官も眉根を寄せながら続けた。

「他国の人族が関わるなぞ、ベアズリーと同じ轍(てつ)を踏むおつもりですか?」

「二人はラデュエル帝国を立て直すのに必要な存在だ。賢者級の【鑑定】スキル持ちのオレが間違うはずがない」

ロイズ様がそう言うとその武官は口を引き結び、小さく頭を下げた。

「他に文句があるやつがいれば、相手をしてやるが?」

「わ、我々より劣った他国の人族に頼らず、立て直すべきではないでしょうか……?」

狐(きつね)耳の文官がガタガタ震えながらもそう言うと、他の者たちもそうだそうだと言い出した。

「……なんでバカキツネが文官なんてやってるのよ～……ベアズリーが重用した以外考えられないのよ～……。ホント信じられない！　なのよ～」

ミカさんは狐耳の文官のことが好きじゃないってことは、よくわかった……。

「では、おまえが精霊樹を増やせ」

ロイズ様は頬杖(ほおづえ)をつきながら、狐耳の文官に向かって告げた。

「……国中の精霊樹はすべて伐採してしまったので、それは……その……」

「他国に頼る以外にどうやって、対処するつもりだ？　精霊樹がなければ、瘴気を祓う精霊は現れない。そんなことなど、幼いころに親から聞かされてきただろう。たとえ孤児院育ちだとしても、知っているはずだ」

ロイズ様はそこで大きく息を吸い込むと、静かに告げた。

「いい加減にしろ。他人を馬鹿にし、打開策も出せずに苦言を呈した気でいるやつなどいらん。すぐに城から去れ」

その言葉でその場は静まり返った。

言われた狐耳の文官はガタガタ震えながら、衛兵によって会議室から追い出された。

その後、ロイズ様は狐耳の文官に賛同していた文官や武官たちも、次々に城から去るよう告げていき、残ったのは無表情な鹿耳の文官とうさぎ耳の武官一人だけだった。

その二人は他の文官武官がいなくなったあと、わたしとグレン様に深々と頭を下げてきた。

「やっと、静かになったな」

ロイズ様はそう言うとふうと一息ついた。

幕間4. エレとベアズリー

Interlude

子猫姿のエレはクロノワイズ王国を出発してから、常に木箱の上にいた。

木箱の中には、挿し木用の枝が入っている。

エレは常に挿し木用の枝に対して、鮮度を保つための魔術を掛け続けている。

そのため、子猫姿のエレは疲労が溜まっており、限界に近づいていた。

はっきり言えば、今すぐにでも挿し木して欲しい……。

そう思っていたが口にせず、ぐっと我慢していた。


竜の姿のロイズに運ばれ、ラデュエル帝国の城に着いてからも、エレは木箱とともに護衛の騎士たちに運ばれていた。

前皇帝を破り、ロイズが皇帝に返り咲いたときも護衛の騎士たちに木箱ごと抱えられていた。

そして、ロイズが城へ向かうと、あとを追うように運ばれていたのだが……。

「おまえら、いいもん持ってんじゃねえか？　俺様にくれよ」

そこへ前皇帝で熊人のベアズリーが現れた。

護衛の騎士たちは何も言わずに、ベアズリーを無視して進もうとするものの、多くの帝国民に囲まれて身動きできなくなった。

ベアズリーは自身の行いにより、帝国を混乱させ、飢饉に陥らせたという自覚があった。

その責任を問われる前に、この場から離れるつもりでいたのだが……最後までついてきていた占い師にこう言われた。

『このまま帝国に留まっても地を這うような生活が待っているだけでしょう。あの騎士たちが抱えている木箱には、とても大きな精霊樹の木片が入っているようです。周囲の瘴気をまったく寄せ付けないのがその証拠でございます。あれさえあれば、他国へ渡ったあとも丁重なもてなしを受けることでしょう』

ベアズリーはもともと貧しい村の生まれであり、地を這うような生活をしたことがある。

あのような生活はもう二度としたくない、絶対に嫌だという思いが強い。

そこに他国へ渡ったあとも丁重なもてなしを受けるという甘い言葉を囁かれれば……。

「その箱の中身が精霊樹だってことは、わかってる。素直に差し出したほうが身のためだぜ？」

ベアズリーの言葉を聞いた帝国民たちが一斉に獲物を狙う目になった。

「精霊樹だって!?」

「それがあれば畑が……」

「生まれた子どもに精霊樹を渡してやれる……」

精霊樹を伐採したことで、田畑や野山は瘴気が溢れ、枯れた。

とても小さな木片にしたことで帝国民全員の手に行き渡ったのだが、新たに生まれる子どもたちの分はない。

先が見えない不安を抱えていた者たちの前に、精霊樹があると言われれば、目の色も変わるというものだ。

フラフラとした足取りで、木箱を持つ護衛の騎士に獣族の男が縋りついた。

「それがあれば、うちの娘に渡してやれるんだ！　どうかゆずってくれ！」

一人縋りつけばあっという間だった。

周囲にいた者たちは、一斉に護衛の騎士たちに縋りついてくる。

だが、誰一人として無理矢理奪うようなことはせず、ひたすら縋りつき嘆願するだけだった。

武器を持ち出すわけでも、攻撃してくるわけでもないため、護衛の騎士たちは何もできない。

木箱を守りつつ身動きできずにいると、空が一瞬暗くなり、巨大化した熊姿のベアズリーに、頭上から木箱を奪い取られてしまった。

追いかけようとするものの、縋りつかれたままの護衛の騎士たちは動けない。

幸か不幸か木箱の上には子猫姿のエレが乗ったままだった。

『我が一番力を出せぬときに限って、このようなことをするとは……！』

子猫姿のエレはそうつぶやき、何もできない。

挿し木の鮮度を保つために魔力を使っているため、他の行動はとれないからだ。

ベアズリーはその場から走り去りながら、徐々に体を小さくしていく。

「あん？　なんで子猫が乗ってるんだ？」

『おまえが連れ去ったからだろうが……』

「なに言ってるかわかんねえから、猫人の子どもじゃねえな。普通の猫なら、別にいいか」

疲れ切った子猫姿のエレの声はベアズリーには理解できなかったようだ。

やがてベアズリーは人型に戻ると、帝都の雑踏に紛れるように消えていった。

6. と異変

I'll Never Go Back to Bygone Days!

鹿耳の文官とうさぎ耳の武官以外の文官武官を追い出したあと、わたしたちは机を並べ直して、表情がはっきりわかるくらいの距離に座った。

「改めて言おう。こちらがクロノワイズ王国の王弟であり鑑定士でもあるグレンアーノルド殿下だ。そしてこちらが、オレの命を救ってくれたチェルシー様だ」

ロイズ様の言葉に合わせて一度立ち上がり、カーテシーを披露する。

「正直なところ助からないと思い諦めておりました。最盛期のころと変わらぬ魔力量にとても驚いております。チェルシー嬢、本当にありがとうございます」

さっきまで無表情だった鹿耳の文官はにこにことした笑みを浮かべつつ、深々と頭を下げた。

「元皇帝が得体の知れぬ他国の自称占い師を信じ、結果として国を傾けたので、あなた方を疑ってしまった。大変申し訳ない」

眉根を寄せていたうさぎ耳の武官は机に頭を勢いよくぶつけつつ謝ってきた。

わたしとグレン様は顔を見合わせると苦笑いを浮かべる。

「さて、本題について語るぞ」

ロイズ様の言葉で全員姿勢を正す。

「今回、グレン殿下とチェルシー様には、精霊樹の挿し木を用意してもらった。今からそれを挿し木するんだが、具体的にどこへすべきか？」

鹿耳の文官が口を押さえてしばらく悩んだ表情を浮かべている。

うさぎ耳の武官は、首を傾げるだけだった。

「ロイズ陛下が守れる範囲が良いでしょうね」

鹿耳の文官はそう言うと立ち上がり、会議室の窓辺へと移動した。

「ここから決闘場の間に……って、はぁ!?」

「どうした？」

「いえ、前皇帝ベアズリー様が珍しく巨大化したと思ったら、街のほうへ去っていきました」

「あいつには以前どんなことを行ったのか、すべて聞き出さねばならないな。ベアズリーとニセモノの占い師、それから関係した者たちをすぐに捕縛するよう通達しろ」

「はっ！」

ロイズ様の言葉にうさぎ耳の武官がすぐに反応して、廊下へと出て行った。

それから、ロイズ様と鹿耳の文官が話し合って、決闘場とお城の間に挿し木することが決まった。

「ではすぐにでも挿し木してもらおうか」

その言葉でわたしはキョロキョロと周囲を見回した。

そういえば、護衛の騎士たちが一人もいない。

挿し木用の枝の入った木箱は、護衛の騎士たちが運んでくれているんだけど……。

決闘場からお城へ向かう途中ではぐれてしまったんだろうか？

そんなことを考えていたら、会議室の扉が開いた。

入ってきたのは、うさぎ耳の武官で護衛の騎士たちも一緒だった。

「この者たちが殿下の連れだと申しているのだが……」

よく見れば、護衛の騎士たちの服はボロボロになっており、髪もぐしゃぐしゃだった。

「殿下……！　申し訳ありません。木箱と子猫を奪われました」

護衛の一人がそう告げると、よろよろとその場にへたり込んだ。

「エレが!?」

わたしは驚いて、立ち上がった。

たしか、枝を守るために瘴気（しょうき）を祓（はら）うことはできないって言っていた。

それって、ベアズリー様に何をされても太刀打ちできないってことじゃ？

「どうしよう……」

そうつぶやきつつ、手を組むと親指の爪がキラッと光った。

キラキラ輝くこの爪はエレと契約した証（あかし）。

じっと見つめていたら、なんとなくエレがいる方向がわかった。

わたしがあれこれと悩んでいる間に、護衛の騎士たちがどんな目に遭ったか話していたらしい。

ロイズ様の表情はとても険しいものになっている。

「暴徒と化す可能性がある者たちの前に、貴殿らを置いていったのはオレの落ち度だ。すまない」

すべて聞き終えるとロイズ様はその場で頭を下げた。そして……。

「すぐに捜索を開始する！」

護衛の騎士たちやグレン様が話す間を与えずに、そう宣言した。

「あの……」

そんな宣言をした直後でとても言いづらかったけど、わたしはそっと片手を挙げた。

「どうした？」

ロイズ様がわたしに視線を向ける。

「木箱の位置というか、エレの居場所だったらわかります」

わたしの言葉に、ロイズ様もグレン様も首を傾げた。

「たぶんなんですけど、契約者だからエレがいる方向がわかるみたいなんです」

そう言いながら、目を瞑ってエレがいるだろう方向を指した。

「たしか、エレは木箱から離れられないと言っていたね？」

「はい」

グレン様の言葉に頷(うなず)くと小さくため息をつかれた。

「危険なことに巻き込みたくないけど、チェルシーを頼るしかないね」

「しかたない」

ロイズ様はそう言うと立ち上がり、さっとわたしを抱えた。

「え!?」

突然のことで驚いている間に、ロイズ様はすたすたと歩き始める。

「自分の気持ちに気づいていないのは大変だな」

グレン様の横を通りすぎるときに、ロイズ様はそうつぶやいた。

「……とっくに気づいている」

あんな表情をしたグレン様は見たことがない。

いろいろなことに驚いている間に、わたしは運ばれていった。

＋＋＋

「あっちです」

わたしはロイズ様の腕を椅子にする形で運ばれながら、エレのいる方向を指していた。

すでにうさぎ耳の武官がベアズリー様を捕縛するために指示を出していたので、帝都には衛兵がたくさんいる。

わたしたちが通る道は衛兵によって確保され、すんなり進むことができた。

「あれ？　こっちです」

どうやら、エレの乗った木箱は今も運ばれているらしい。

「下を通っている感じがします」

わたしは地面を指した。

「地下道か、厄介だな」

ロイズ様は空いているほうの手を顎に当てると考えだした。

「地下道の出口は帝都の外にある。そこを目指しているのだろう」

そして、一部の衛兵たちを連れてその出口へと向かった。


地下道の出口から、かなり離れた場所で待っていると、木箱を抱えたベアズリー様が現れた。

「ったく！　もうちょっと鳴けよ」

ベアズリー様は木箱の上に座るエレに向かってそうつぶやいている。

もしかして、エレに何かしたんじゃ……!?

飛び出しそうになるのを、ロイズ様に止められた。

「やはり投げただけでは、ダメだな。ここはきっちりお灸(きゅう)をすえるとするか」

ロイズ様はぽつりとつぶやくと、グレン様に視線を向けた。

「グレンもやるかい?」

なぜかグレン様はロイズ様のことを目が据わったような感じで見つめている。

「ああ……させてもらう」

そして、とても低い声でそうつぶやいた。

グレン様もエレを大事に思ってくれてるんだね……!

嬉しくなって、グレン様に向かって何度も頷いた。


「必ず守るから安心してなのよ~。これでもミカはロイズ様の弟子なのよ~」

わたしはミカさんにきゅっと抱きしめられつつ隠れたまま、二人の様子を見守ることになった。

少し距離があるけど、周囲は逃げられないように衛兵で囲まれている。

地下道の扉は内側からしっかりカギを掛けるみたい。

かちゃんっというカギを掛ける音で、ようやくベアズリー様はグレン様とロイズ様の存在に気がついた。

「な、なんでこんなところにいるんだ!?」

ベアズリー様は目を見開いて驚いている。

『やっと来たか』

エレはそう言うと木箱の上でぐったりと寝そべった。

どうしよう！　エレがつらそう！　すぐに何とかしてあげたい！

その願いが聞こえたかのように、グレン様が動きだした。

「……《氷槍（アイシクルランス）》」

グレン様の周囲に氷の槍（やり）が出現すると、すごい勢いでベアズリー様の足元に刺さった。

ベアズリー様はそれらすべてを避けたけど、その拍子に木箱を投げ出してしまう。

さっと動いたロイズ様が木箱と上に乗っているエレを受け止めた。

「生きてさえいれば、【治癒】で治してやる」

「お、俺様がお前に何をしたって言うんだ!?」

グレン様の言葉に怯（おび）えの表情を見せるベアズリー様が叫んだ。

「ただの……八つ当たりだ！……《氷壁（アイスウォール）》」

今度は氷の壁でベアズリー様の三方を囲った。グレン様が見える場所だけ壁がない。

「ぐおおおおお！」

ベアズリー様は人型のまま、グレン様に向かって体当たりした。

「……《結界（バリア）》」

見えない壁がグレン様の周りに現れたようで、べいんっという変わった音とともにベアズリー様は跳ね返っていく。そして背後の氷の壁に背中を打ち付けた。

あの音って、クロノワイズ王国の居城の周りにある結界と同じものみたい。

ベアズリー様はよろよろと立ち上がると腰に差していた剣を引き抜いた。

「武器を持たぬ者だからと手加減していたが、容赦せん！」

「ふうん。剣を持ち出したんで、徹底的にやるね」

グレン様はそこからいろいろな魔術を使って、ベアズリー様をぼこぼこにしたらしい。

途中でミカさんによって遮られたので、全部は見ていないけど、すごかったみたい。

「グレンって、魔術に詳しいんだな。オレと戦っても互角かもしれないな」

ロイズ様がそんなことをつぶやいていた。

「外傷だけを治し、打ち身などの痛みは残せ――【治癒】」

最後にグレン様がベアズリー様に【治癒】スキルを使うことで、ようやくミカさんはわたしを抱きしめるのをやめて、放してくれた。

ベアズリー様はその場に膝をついてがっくりと項垂(うなだ)れている。服があちこち破れていたり、変わった髪型になっていたりするだけで、ケガはすべて治っているようだった。

衛兵によってベアズリー様は連れて行かれた。

同時にグレン様とロイズ様、木箱に乗ったエレがわたしのもとへやってきた。

子猫姿のエレはぐったりとした様子で眠っている。

「エレは大丈夫でしょうか？」

心配になってそう聞くと、グレン様が【鑑定】スキルを使って状態を教えてくれた。

「魔力量はずいぶん減っているけど、眠っているだけでケガはない。普段眠っている時間に起きていたから、魔力が回復できずにいたのかもしれないね」

それを聞いた途端、力が抜けた。

「よかった……」

「早く挿し木をして、エレを解放してやらないとね」

グレン様の言葉に強く頷いた。

+++

お城へ戻るまでの間、わたしはなぜかグレン様に抱えられていた。

「一人で歩けます……！」

何度そう言っても、グレン様は下ろしてくれない。

木箱を抱えたロイズ様もその隣を歩くミカさんも笑うだけで止めてくれない。

しかたなく、されるがままになっていると子猫姿のエレが目を覚ました。

『やっと、あのうるさいやつはいなくなったか……』

エレは木箱の上で伸びをした。

「どういうこと？」

『あやつは地下道を歩く間、怖くてしかたがなかったようで、ずっと歌っていたのだ！　あの音痴な歌をずっと間近で聞かされるなど、地獄でしかなかった！』

子猫姿のエレはそう言うと木箱の上でやれやれといったポーズを取った。

「たいへんだったね」

そうつぶやけば、エレはわたしとグレン様を交互に見たあともう一度やれやれといったポーズを取った。

『まあ、大変ではあった。それよりもそろそろ限界に近い。挿し木してもらいたい』

エレは木箱の上でちょこんと座ると頭を下げてきた。

「……かわいい！」

わたしはグレン様に抱えられているのも忘れて、身を乗り出してしまった。

「落ちたら困るから、しっかり捕まえておくね」

グレン様はそう言うとぎゅっと抱きしめてきた。

あまりにも強く抱きしめられたので、うっと声が出てしまった。

「挿し木してから、城へ戻るか」

ロイズ様が笑うのを必死に堪（こら）えながらそう告げた。

お城と決闘場のちょうど真ん中あたりで、ロイズ様が立ち止まった。

「このあたりに頼みたい」

そこは少し離れたところに屋台があるだけで何もない広い場所だった。

王立研究所の外に植えた精霊樹はとても大きく育った。

挿し木する精霊樹もきっと大きく育つに違いない。

ここなら大丈夫だろうと思って頷くと、ロイズ様は衛兵たちに周囲にいる人たちを遠ざけるよう指示した。

周囲の人たちは興味深そうにこちらの様子をうかがっている。

グレン様に下ろしてもらって、ロイズ様から挿し木の入った木箱を受け取った。

木箱の上に乗っていた子猫姿のエレがそのまま、わたしの肩へと移動する。

そっと地面に置いて、木箱の蓋を開けた。

「すごくきれいなのよ～！」

斜め後ろに立っているミカさんの声が響いた。

キラキラとガラスのように輝く挿し木用の枝というよりか、棒を取り出すとエレがつぶやいた。

『木箱はブレスレットの万能収納機能を使ってしまうがいい』

わたしはエレの言葉に従って、木箱に手を触れ預かってもらうよう願った。

ふっと木箱が消える。

「地面に穴を開けたほうがいい？」

肩に乗っているエレに問うと首を横に振った。

『そのまま地面につきさせばよい』

わたしはその場に座り込むと、挿し木用の枝を両手に持ちそのまま、地面につきさした。

すると目を開けていられないほど、枝が輝いた。

眩しくて目を閉じて、ゆっくりと目を開ければ、挿し木用の枝はどんどん根を伸ばし、ぐんぐん育っていく。

「うわあ」

上に上にと育っていくのを見上げていたら、そのまま後ろに倒れそうになった。

「あぶないよ」

そこをグレン様に支えられる。

「ありがとうございます」

お礼を言っている間に、精霊樹は王立研究所の二階くらいまでの大きさに育った。

よく見れば、精霊樹からは優しい光が放たれていて、どんどん瘴気を押し出しているようだ。

『周辺の山あたりまで、瘴気を押し出したようだ』

肩に乗っているエレは身を乗り出しながら、そう言った。

「息苦しさがなくなった……瘴気が消えたのか？」

「瘴気を寄せ付けなくなっただけじゃない？」

「どっちにしろ、精霊樹は切っちゃダメだったんだ！」

周囲の人たちの声に、ロイズ様がニヤッと笑っていた。

『ここからはゆっくりと成長するであろう。しっかり守れ』

エレが尊大な態度でロイズ様に向かってそう告げた。


少し離れたところから、精霊樹を見ようと数歩離れたところ、頭上から何かが降ってきた。

ゆっくりと綿毛のように降ってくる何かは、全体的に赤くて半透明。

周囲の人たちがざわめくのが聞こえた。

真っ赤な髪に朱色の瞳をしたとても胸の大きな女性は、この世のものとは思えないくらい美しい顔をしていて、足が隠れるくらい丈の長い真っ赤なマーメイドドレスを着ている。

「初めまして、わたくしの名はアイリーン。火の精霊ですの。リーンと呼んでくださいまし」

半透明で全体的に赤い火の精霊リーンは、空中で優雅に一礼した。

カーテシーとは違う挨拶の仕方だけど、とても上品に見える。

義母のメディシーナ様や異母妹のマーガレット様と同じような真っ赤な髪だけど、たれ目だからか、少しも怖い印象はない。

リーンの姿に見入っていると、にっこり微笑(ほほえ)まれた。

「まあ！　今代の精霊樹の創造者様はなんて小さくてかわいらしいんでしょう！」

ふわふわと浮かぶリーンはそう言うとわたしにべったりくっついてきた。

と言っても透けているので、わたしを取り抜けていく。

驚きのあまり身動きできないでいると、肩の上に乗っているエレがリーンに向かって叫んだ。

『やめんか！　チェルシー様が困っているではないか！』

エレは肩から離れて宙に浮かぶと、爪を出してひっかくフリをした。

子猫姿でぺしぺしってひっかこうとする姿はかわいいとしか思えなくて、脅しになっていない。

わたしがくすくすと笑ったことで、エレはひっかくのをやめた。

『まずは契約をせよ！』

「はいはい、わかっておりますわ。では、かわいらしい精霊樹の創造者様と……ってすでに、エレメント様と契約なさってるんですの？　信じられませんわ！」

リーンはわたしのそばを離れるとくるくると精霊樹の周りを飛び始めた。

周囲の人たちから歓喜の声が聞こえる。

火の精霊だという挨拶をみんな聞いていたようだ。

しばらく空を飛んでいたリーンは、神妙な顔をしながら、わたしの目の前まで戻ってきた。

「まさかエレメント様が代行者様以外の方と契約なさるなんて……とても動揺してしまいました」

リーンの言葉に、エレはそっぽを向いた。

「しかたありませんわ。他の方にしましょう。どなたがいいかしら？」

「オレではダメか？」

ロイズ様がここぞとばかりに手を挙げた。

リーンはロイズ様の上から下へ何度も視線を向けて、考え込んでいる。

「オレはここ、ラデュエル帝国の皇帝ロイズだ」

「まあ、皇帝ですの？　しかもあなたは世界で一番長命な種族ですわね！」

ロイズ様は昨日まで病気で苦しんでいたなんて、みじんも感じさせない自信たっぷりの笑みを浮かべている。

「いいですわ！　あなたにしますわ」

リーンがそう言うと指をパチンと鳴らした。

周囲の人たちのざわめきがぴたりと止まった。

そういえば、エレと契約を交わしたときも、こうやって時間が止まって、音がしなくなった。

わたしはエレと契約しているからか、リーンとロイズ様の契約する場面に立ち会えるみたい。

「わたくしは火を司（つかさど）る精霊、アイリーン。ここにあなたと契約を交わしますわ」

リーンはにっこりと微笑みながら、ロイズ様の薬指の爪を撫（な）でた。

するとリーンの瞳の色と同じ朱色に染まっていく。

「これで契約完了ですわ！」

リーンはそう言うと指をパチンと鳴らして、ふわっと溶けるように消えた。

周囲の人のざわめきが聞こえて、契約の時間が終わりを告げた。

ロイズ様はしばらくの間、右手の薬指の朱色に染まった爪を眺めていた。

『名を呼んで、呼び出してやってくれ』

ぷかぷか浮かんだままのエレがロイズ様に向かってそう言った。

「火の精霊、リーン」

ロイズ様は戸惑うことなく、すぐにリーンを呼んだ。

すると精霊樹の葉っぱの隙間から、赤い大きな鳥が降りてきて、ロイズ様の肩に止まった。

『お呼びでございますか？　ロイズ様』

「これから、ラデュエル帝国を立て直す。リーンにはその手伝いをしてもらいたい」

『畏(かしこ)まりました。ロイズ様』

どうやら、リーンの仮の姿はこの真っ赤で大きな鳥らしい。

翼を広げたら、ロイズ様の身長くらいあるんじゃないかな。

ついついエレと見比べてしまった。

『契約者の魔力の総量に応じて、仮の姿が変わるのだ。つまり、子猫姿というのはチェルシー様の魔力の総量が少ないという意味でもある』

エレの言葉にわたしはしょんぼりと肩を落とした。

「大丈夫だよ。チェルシーはおいしい食事を摂って、着実に魔力の総量が増えているから」

グレン様は天使様のような優しい微笑みを浮かべると、頭をぽんぽんと撫でてくれた。

＋＋＋

お城へ戻ると、今度は応接室へと通された。

「精霊樹を挿し木してくれて、感謝する」

触り心地のいいソファーに腰掛けると、ローテーブルを挟んで向かいに座るロイズ様からお礼を言われた。

「ひとまず、帝都は安全なものになった。これでひと安心と言いたいところだが、瘴気は帝都以外にも蔓延している。今後も挿し木をしてほしい」

『それはできぬ』

わたしやグレン様が答えるよりも先に、子猫姿のエレが断った。

『先日話したが、挿し木用の枝はそう簡単に用意できぬ』

「大量に用意するには数年単位で時間がかかると言っていたな。それでも挿し木するべきだと考えている」

ロイズ様の言葉に、エレは首を横に振った。

『チェルシー様が二代目の原初の精霊樹を生み出した当初、我も精霊樹を増やしていくべきだと考えていた。精霊樹を増やし、瘴気を祓える高位の精霊をこの世界に呼び寄せるのが一番だと考えていたからだ。だが、別の方法が存在するならば、精霊樹は増やすべきではない』

そこまで言うと、エレはロイズ様に人払いするよう頼んだ。

『長命な竜人であれば知っているかもしれないが……』

エレはそう前置きすると、深呼吸したあと告げた。

『精霊樹は精霊の許可を得ると精霊樹同士で移動が可能になる』

「え？」

その場にいた全員が目を見開いて驚いた表情になった。

ロイズ様も驚いているため、知らなかったようだ。

「それって、転移陣みたいな……？」

王立研究所にある転移陣を思い出しながら言うと、エレは頷いた。

『詳しく説明するならば、精霊樹から精霊界へ入り、別の精霊樹から出ることで、長距離を一瞬で移動することができる』

「それは、増やせば行き来が自由になっていいのではないのか？」

ロイズ様は顎に手を当て、考えるような仕草をした。

子猫姿のエレはがっくりと項垂れて、首を横に振るだけで何も言わない。

すると代わりにリーンが教えてくれた。

『初代の原初の精霊樹があったころは、この大陸のいたるところに精霊樹が植えられておりましたの。とても豊かでとても便利な暮らしを続けていたところ、人々は感謝の心を忘れてしまったのですわ』

リーンはそこで小さくため息をついた。

『精霊樹と精霊に対して感謝の心を忘れ、傍若無人な振る舞いを行い、あまつさえ虐げようとする者まで現れたことで、代行者様はとてもお怒りになって、初代の原初の精霊樹を燃やしてしまいましたの。初代の原初の精霊樹が燃えたことで、エレメント様は精霊界に戻り、他の精霊たちも徐々に戻っていきましたの』

「それを繰り返さないために、瘴気を祓う方法が別に存在するなら、精霊樹は増やすべきではないってことなんだね」

グレン様が話をまとめると、エレはコクリと頷いた。

「たしかに慣れると人はいろいろなことを忘れていく。オレが皇帝だった百年で平和ボケした感じはあるからな……。それで、別の方法っていうのが存在するのか？」

ロイズ様がそう言うと子猫姿のエレの視線がわたしに向いた。

『チェルシー様が生み出した種を植えればいい』

そこから、わたしがサージェント辺境伯領で生み出したブルーリリィの種の話になった。

「途中の荒野に生えていた真っ青なユリなのよ～？」

ミカさんの言葉にグレン様が頷いた。

生み出したのはわたしだけど、実際に植えてどんな様子だったのかはグレン様しか知らないので、詳しく説明してもらった。

『真っ青なお花が咲くんですの？　しかも、瘴気を吸収して肥料に変えるだなんて……なんて画期的なんでしょう！』

鳥の姿のリーンは嬉しそうにその場で飛び立とうとしたけど、ピタッと動きを止めた。

応接室は広いけど、リーンが翼を広げたら、壺とか倒しそうだもんね。

「そんな種も生み出せるのか……。チェルシー様は本当にすごいな。ぜひともすぐに生み出してほしい！」

ロイズ様はそう言うと、その場で頭を下げた。

「待ってくれ」

今度は、わたしがはいと答えるよりも早く、グレン様が止めた。

「サージェント辺境伯家の屋敷で考えた設計図のままだと、チェルシーは年単位で毎日、ブルーリリィの種を生み出し続けなければならなくなる」

「それはちょっと……」

ちょっとどころか、とても困る……。

何年も同じ種を生み出し続けるなんて、スキルの調査と研究も止まってしまうし、どうすればいいんだろう？

『改良すればよかろう。我が主、チェルシー様であればどんな種でも生み出せる』

まるでわたしの心の声が聞こえたかのように、エレが答えた。

さっきまで落ち込んでいた様子だったのに、一変してえへんと胸を張っている。

「既存の種を改良したことはあったけど、チェルシーが生み出した種を改良するのは初めてだね」

グレン様の言葉に、わたしは頷く。

「調査結果として、きちんとトリス様に報告しないと……ですね」

「そうだな。現場に立ち会えなかったと言って、拗ねそうだけどね」

ここにはいないトリス様が拗ねている様子を想像して、笑みがこぼれた。

そして、その場で改良版の設計図を書き起こした。

ブルーリリィの種は、植えるとすぐに芽吹き花が咲き、それから瘴気を吸い取り、種をひと粒落として枯れ、良い肥料になるというものだった。

改良した種は、植えるとすぐに芽吹くけど、瘴気を吸わなければ花は咲かない。

三日間、花が咲かなかった場合、枯れて良い肥料になる。

瘴気を吸い取ると花が咲き、種を十粒落として枯れ、良い肥料になる……というものになった。

「サージェント辺境伯領のブルーリリィは瘴気を吸うまで枯れないものとなっていたから、種をひと粒しか落とさないようにしたんだ。増えすぎて他の植物に悪影響が出ても困るしね」

「それで改良版は、瘴気を吸わなければ花が咲かないし、半月で枯れるものにしたのか」

「すべては他の動植物への影響を考えてのものだよ」

グレン様とロイズ様はそんな話をしていた。


出来上がった改良版の設計図を何度も読み込んで、しっかり覚える。

わたしはみんなに向かって小さく頷くと、つぶやいた。

「ブルーリリィの改良版を設計図どおりに生み出します――【種子生成】」

ぽんっという軽い音のあと水色の種が現れた。

「名前はスカイリリィだそうだ。効果は設計図どおりだね」

「何度見てもチェルシー様のスキルは面白い。生み出した種も変わったものばかりで、すごいとしか言いようがないな」

ロイズ様に褒められて、恥ずかしくなりながらも倒れない程度に次々とスカイリリィの種を生み出した。


わたしは精霊樹のブレスレットをしているため、瘴気に近づくと追い払ってしまう。

だから、種を植えている現場を遠くから眺めることになった。

グレン様とロイズ様とミカさん、それから衛兵たちと一緒に帝都の外へと向かう。

挿し木した精霊樹の効果範囲から外れた荒野に、種を植えると一斉に芽が出て育ち花が咲いていった。

あっという間に枯れて、種をたくさん落とすとまた花を咲かす。

それを何度も繰り返していくと、荒野だった場所が水色の花畑に変わった。

「まるで空の上にいるみたい……」

馬車に乗ったわたしたちをロイズ様が竜に変身して運んでくれた。

あのとき見た空を思い出してそうつぶやけば、護衛として隣に立ってくれていたミカさんの尻尾がぶんぶんと揺れた。

7. とお礼

I'll Never Go Back to Bygone Days!

あれから三日間、わたしはスカイリリィの種を倒れない程度に生み出し続けた。

ブルーリリィと違って植えれば種が増えていくので、そこまでたくさん生み出さなくてもいいと言われて、三日間だけになった。


わたしが種を生み出している間に、前皇帝のベアズリー様の事情聴取が終わったそうだ。

ベアズリー様は、精霊樹を挿し木した途端、モヤが晴れたと言ったらしい。

瘴気（しょうき）が悪い影響を及ぼしていたのかもしれない。

事情聴取をしたら素直に応じて、皇帝になってからの出来事を包み隠さず話したそうだ。

それから、挿し木用の枝が入った箱を盗んだ件に関して、どうやらニセモノの占い師に入れ知恵をされたらしい。

盗んだ精霊樹を持っていれば、他国で優遇されるとかなんとか……。

そんなことを言ったニセモノの占い師の足取りは、つかめていないらしい。

ニセモノの占い師の性格を考えると、すでに帝都を出て、国外へ向かっている可能性もあると、ロイズ様が言っていた。

『そういう変な人は何をしでかすかわかりませんし、お気を付けくださいませ』

リーンはそう言いつつ、わたしに頭をすり寄せていた。

「精霊樹は挿し木できたし、スカイリリィの種もたくさん生み出しました。他にすべきことはありますか？」

グレン様にそう尋ねると首を横に振られた。

「そろそろクロノワイズ王国へ戻ろうか」

「そうですね」

ラデュエル帝国内のすべての瘴気を吸い取るには、何年もかかる。

本当は見届けたい気持ちがあるけど、それはクロノワイズ王国へ戻ってからでもできる。

そう思って、わたしはグレン様の言葉に頷いた。

「王立研究所に戻ったら、少し時間をもらえないかな？」

グレン様は神妙そうな顔をしつつ、そう告げてきた。

断る理由もないので素直に頷くと、普段と違って嬉しそうに微笑まれた。

なぜかきゅっと心臓が痛くなる。

「今、聞いてはダメですか？」

すぐにでもどんな話か聞きたくて、我慢できずにそう聞いた。

グレン様がうーんと悩み始めたところで、客室にミカさんがやってきて、そのまま応接室へと連れて行かれた。

＋＋＋

応接室にはロイズ様と鹿耳の文官、うさぎ耳の武官がいて、にこやかな笑みで出迎えてくれた。

「改めてお礼を言わせてほしい」

わたしとグレン様がソファーに座ると、ロイズ様はそう言って立ち上がった。

鹿耳の文官とうさぎ耳の武官も同時に立ち上がる。

「ラデュエル帝国のために、精霊樹を挿し木してくださって感謝する」

ロイズ様の言葉に合わせて、文官武官の二人も立ち上がって頭を下げてきた。

「特別研究員を派遣してもらった報酬に関しては、別途、国同士で話し合いを行い最適なものを渡すとする。それとは別に、個人的にチェルシー様にお礼をさせてほしい」

わたしはどうしていいかわからなくてグレン様に視線を向けた。

グレン様は優しく微笑むだけで何も言わない。

「何が欲しい？」

真正面に座るロイズ様はニヤッと笑いながら聞いてきた。

欲しいものなんて何もない。

男爵家から連れ出してもらってから、食べるものにも着るものにも、住む場所にも困っていない。

今は特別研究員という職業にもついているから、働く場所にもお金にも困っていない。

何も思いつかなくて悩んでいたら、子猫姿のエレがわたしの肩に乗りながら言った。

『チェルシー様は、魔力を使い果たして倒れることがある。ゆえに魔力の総量を増やすようなアイテムはないのか？』

そんな便利なものがあるの!?

驚いてみんなの顔を見回したけど、首を捻って考えている様子。

つまり、存在しないってことだよね……。

ロイズ様はしばらく考えたあと、ぽんっと手のひらを打った。

「じゃあ、ミカをあげるよ」

「え!?」

ミカさんは物じゃないのにあげると言われても……。

困っているとロイズ様が魔王様のような不敵な笑みを浮かべた。

「ミカの料理はうまいから、魔力の総量を増やすのにちょうどいいだろう？」

ロイズ様の快気祝いと称して、ミカさんの手料理を食べたけど、たしかにとてもおいしくて魔力の総量が増えていきそうだな……とは思っていた。

「チェルシーちゃんのことすごく気に入ってるし、他の国の料理を食べてみたかったから、ちょうどいいのよ～！　ぜひ、連れて行ってほしいのよ～」

ミカさんはわたしの真横に座り込んで、視線を合わせてそう言った。

背後の尻尾が緊張しているようでぶわっと膨れ上がっている。

「ミカさんは物じゃないので、あげると言われても困ります。でも、料理人として一緒についてきてくれるのなら、すごく嬉しいです」

きちんと思ったことを伝えれば、隣に座るグレン様が優しく頭を撫でてくれた。

「やった～なのよ～！　いい加減ロイズ様の面倒を見るのに飽きていたのよ～。どうせならかわいい女の子のお世話がしたかったのよ～」

ミカさんが両手を広げて喜んでいたら、ロイズ様がとても変な顔になっていた。

怒っているような悲しんでいるような悔しそうな嬉しそうな……全部混ざったような顔は、笑っているようにも見える。

「冗談なのよ～！　ミカを物扱いしたから、これくらい仕返ししてやらないとなのよ～」

ミカさんはぺろっと舌を出して、笑っていた。

その姿にみんな一斉に笑った。

+++

応接室での話が終わって客室へ戻ると、真っ赤な鳥の姿をした火の精霊リーンがやってきた。

部屋にはわたし以外に、護衛の騎士がいるだけ。

エレはグレン様のお部屋に行っていていない。

『チェルシー様にお伝えしたいことがございますの』

「何でしょうか？」

首を傾げると、リーンが片方の翼を広げて、わたしの手首にはまっているブレスレットを指した。

『チェルシー様専用の保管庫を管理している精霊たちが、利用してくれないと嘆いておりますの』

そういえば、クッキーの入った紙袋を使ってブレスレットの使い方を聞いて以来、一度も利用していない……。

「ごめんなさい」

『謝ってほしいのではありませんの。利用していただきたいのですわ』

リーンはそう言うと、パッと紙と書くものを取り出した。

『無理に物を詰め込むのは難しいのではと思いましたので、別の利用方法を考えましたの。わたくしと文通をしてくださいまし』

「文通？」

『保管庫を管理している精霊たちに、わたくしからチェルシー様宛のお手紙を預けておきますわ。それを読んでいただいて、お返事をくださいませ』

「お手紙を書くということですか？」

『そうですの』

今まで、文字を読むことはあっても、書く機会はほとんどなかった。

設計図を書くときくらいしかなかったので、できれば書いてみたい……！

「あの……字が汚いけど、いいですか？」

『それはお手紙を書きながら、徐々に練習していけばいい話ですわ』

「わかりました。リーンにお手紙を書きます」

そう答えるとリーンは嬉しさのあまり、翼を広げそうになって、途中で我慢した。

広げていたら、間違いなくそばにある壺(つぼ)が倒れる……。

『忙しくてお手紙が送れない場合は、保管庫を管理している精霊たちに、伝言を預けるという方法もございますの。ぜひ、ご活用くださいませ』

リーンはそう言うと、他に精霊樹のブレスレットを通してアイテムを送れること、保管庫を管理している精霊たちに預けるのではなく、あげることもできること……などといった豆知識を教えてくれた。

『それから、チェルシー様は精霊樹を通して精霊界へ行くことが可能ですのよ』

「そうなんですか？」

わたしが首を傾げると、リーンは小さくため息をついた。

『こういった説明は本来であれば、エレメント様がチェルシー様へ行うべきですのに……ホント、典型的なダメ男ですわ』

リーンはほんの少し、声を低くしながらそうつぶやいた。

『精霊界へ行くことができるということは、精霊樹から精霊樹への移動が可能ということですのよ。チェルシー様はラデュエル帝国からクロノワイズ王国まで一瞬で行き来できますの』

以前、エレからそういう話を聞いたけど、わたし自身が移動できるとは聞いていなかった。

だから、どうしていいかわからない……。

わたしが困った表情になっていたからか、リーンは首を左右に振った。

『無理に利用していただきたいのではございません。万が一、クロノワイズ王国で困ったことが起きた場合に、チェルシー様であればラデュエル帝国に避難することが可能だということを覚えておいていただきたいだけですわ』

それはわたしの身を案じての言葉だとわかったので、ひとまず頷いておいた。

8. 帰還？

I'll Never Go Back to Bygone Days!

翌日、わたしたちは馬車に乗って、クロノワイズ王国へ帰ることになった。

「行きとは違い、国境まで送っていくことができない。申し訳ない」

「皇帝に戻ったことでやることがたくさんあるのだから、そこは気にしないでほしい」

ロイズ様とグレン様がそんな会話をしている横で、真っ赤な鳥の姿をしたリーンと銀色の子猫姿のエレが言い争いを始めた。

『どうして、エレメント様は代行者様とお会いになりませんの？』

『我は彼女と契約しておらぬ。ゆえに場所がわからんのだ』

『そういえばエレメント様は、原初の精霊樹が燃え始めたと同時に自動的に精霊界へ戻されたのでしたわね』

リーンはそう言うと何度も頷（うなず）いた。

『代行者様は原初の精霊樹を燃やしたあとも、すぐそばのお屋敷で暮らしておりましたわ。今も同じ場所にいるのではないかしら』

『我が精霊界に戻ったあと、誰も代行者の話をしなかったではないか！』

『てっきり、知っているものだと思って話しておりませんでしたわね』

リーンはそう言うとオホホと笑った。

『では、魔の森に結界を張ったというのもご存じないのかしら？』

『知らん。詳しく話せ』

『しかたありませんわね。原初の精霊樹が燃え尽きたあと、代行者様は静かに暮らしたいとおっしゃって、森に結界を張るようにとおっしゃったんですの！』

そう言うとリーンは嬉しそうに翼を広げた。

『代行者様のお願いなんて滅多にないことでしたので、わたくしを含めて四体の大精霊たちで誰が一番良い結界を張れるか競いましたの！』

子猫姿のエレと鳥姿のリーンの声が聞こえるグレン様とロイズ様は、話すのをやめ、リーンの言葉に聞き入っている。

『ですから、代行者様にお会いする場合は、わたくし以外の大精霊もこちらに呼び寄せて、結界を解除しないと入れないのですわ』

リーンはそこまで話すと、グレン様とロイズ様に見つめられていることに気づいて、叫んだ。

『とにかく、代行者様とお会いして、誤解を解いてくださいませ！』

そして、空高く飛んでいった。

子猫姿のエレは大きくため息をつくだけで、追いかけようとはしなかった。

「誤解ってなんのこと？」

そう尋ねたけど、エレは小さく首を振るだけで何も答えなかった。

馬車に乗り込んでいざ出発すると、見える景色の大半が枯れた土地で痛ましい気持ちになる。

瘴気(しょうき)はスカイリリィを植えていけば、数年でなくなるけど、枯れた土地はどうなんだろう？

小窓から外を見ては、悩んで下を向いて……そんなことを繰り返していたら、向かいに座るグレン様から声が掛かった。

「言葉にしなければ、チェルシーが考えていることは伝わらないよ。何を思って、どうしたいと考えたのかな？」

戸惑いながらも、旅の間に何度も考えたことを口にした。

「飢えで苦しんでいる人たちのために、食べ物になる種を生み出したい……です」

グレン様は苦笑いを浮かべるとわたしの頭をぽんぽんと撫(な)でた。

隣に座るミカさんの目が輝いているように見える。

「どんな種にするのよ～？」

「かぼちゃです」

そう答えた途端、ミカさんの尻尾がぶんぶん揺れた。

「皮まで食べられて栄養満点なのよ～！　とことこと煮てスープにすれば、小さな子も食べられるのよ～！　すごくいいのよ～！」

「種の中身も食べられるのもいいですよね」

「軽く煎って食べるとおいしいのよ～！」

「チェルシーが生み出した種は必ず芽が出るし、しっかり育つ。種も食べられるということは増えすぎる可能性も低い。一般的な種にするなら、後々多大な影響を残したりしないだろうし、いいんじゃないかな」

　グレン様の言葉に自然と頬が緩んだ。

「ダメって言われるかと思っていました。ありがとうございます」

　そう言ったあと、馬車の中でかぼちゃの種を倒れない程度に生み出した。

　一度、ブレスレットを通して、生み出した種を精霊界で預かってもらう。

　植える場所は、あちこちにある休憩地と呼ばれている場所にすることになった。

　今は馬たちを休めるための休憩地と呼ばれているけど、昔は獣族同士が争ってもそこでは戦わないという不可侵の地だったそうだ。

　現在も休憩地では、暗黙のルールとして戦ってはいけないことになっているのだとか。

「休憩地は食糧難になる前まで季節ごとに果物が実ってたのよ～。そこで実るものは誰でも食べていいことになってるから、休憩地に植えるのが一番なのよ～」

しばらくすると、馬を休めるために休憩することになった。

休憩地のそばには川が流れていて、水はあるものの雑草一つ生えていない。木にも葉っぱがなく、枯れているように見えた。

「あのあたりまで休憩地なのよ～」

ミカさんが指した場所まで、グレン様と三人で移動する。

「かぼちゃの種を三粒返してください」

そうつぶやくと、ぱっと種が現れた。

落ちる前に受け取り、それをグレン様とミカさんにひと粒ずつ渡した。

グレン様は小さく頷き、ミカさんは尻尾を振った。

地割れを起こしている地面の隙間にかぼちゃの種を差し込む。

「どうか、食糧難の方々の飢えがしのげますように」

わたしは手を組み、大地の神様にそう祈った。

するとあっという間にかぼちゃは芽を出して、つるが伸びていった。

「これならすぐに実がなるね」

グレン様の言うとおり、出発するころには実がなっていた。

ミカさんがまるまるとしたかぼちゃをひとつ手に取り、馬車に乗り込んだ。

それから、休憩するたびにかぼちゃの種を植えた。

宿場町の宿では、ミカさんが休憩地で採ったかぼちゃを自慢する。

翌日には宿場町の人たちが休憩地へ向かい、みんなで分け合って食べたらしい。

そんな光景を何度も見た。

休憩地のかぼちゃ畑の話は帝都にも届いたらしい。

ブレスレット経由で届いたリーンからの手紙にそんなことが書かれていた。

ちなみに、グレン様宛のロイズ様からの手紙も添えられていた。

「クロノワイズ王国に食糧支援を頼みたいだってさ。すぐに王都に戻って、話をつけないと……」

グレン様はそんなことをつぶやいていた。

＋＋＋

出発から十二日経ち、あと三日で国境を越えられる……というところで事件は起こった。

休憩地でかぼちゃの種を植え、護衛の騎士や一緒に来てくれている衛兵たちとお話をしていたら、
どこからか真っ黒な服を着た男の人が現れた。

さっきまで誰も歩いていなかったはずなのに……？

それは護衛の騎士や衛兵たちも思ったようで、すぐに警戒し始めた。

不審に思って見つめていたら、目が合った。

「……見つけたあああああ!!」

男の人はニタァとした怖い笑みを浮かべるとそう叫んだ。

隣に座っていたグレン様がさっとわたしの前に立ち、男の人の視線を遮った。

「ああ……我らが代行者様！　あなたが許せないと言った少女を見つけました！　この女さえいなければ、あなたの願いは叶う！　叶うのでしょう!?」

男の人はわけのわからない言葉を叫ぶと、地面に何かを叩きつけた。

するとその何かは割れて、もくもくと煙が広がっていく。

「ああこれで私も、我らの代行者様に目を掛けてもらえる！　あの方が心を寄せてくださるのであれば、何が起ころうともかまわぬ！　ぐはははははは!!」

『……勝手に代行者について語るな！』

男の人の笑い声がする中、子猫姿のエレはそう叫ぶと精霊姿へと戻った。

地面に届きそうなほど長い銀色の髪はぶわっと膨らんで、怒っているのだとわかる。

「……もしや、お前が代行者様を裏切ったという精霊か？」

男の人の言葉に、エレは目をカッと見開いた。

「我は裏切ってなどおらん！」

「間違いない、銀の髪に銀の瞳！　代行者様の側仕え殿が言っていたとおりの長い髪！　お前もその女とともに消えろおおおおお！」

男の人が叫ぶと同時に煙が消えて、周囲に大きなサソリがたくさん現れた。

わたしは目を見開いて驚いて、その場で固まった。

「なんで休憩地に魔物がいるのよ～！」

ミカさんが叫んでいる間に、護衛の騎士や衛兵たちが剣を抜き戦う態勢に入った。

「あれはサンドスコーピオンだ。弱点は水。尾に毒針を持っているが、それ以外は美味（びみ）だそうだ」

グレン様がすぐに【鑑定】スキルを使って、現れた魔物の特徴を教えてくれる。

美味と言った途端、衛兵たちの目がキランと光った気がする。

「さあ、ゆくがいい！　スコーピオンたちよ！」

男の人の言葉に合わせて、サンドスコーピオンがカシャカシャという音とともに迫ってくる。

「雷よ！」

精霊姿のエレがそう叫ぶと、サンドスコーピオンたちに一斉に雷が降り注いだ。

雷のおかげで、動きが鈍くなる。

そこへ騎士と衛兵たちが次々に襲い掛かっていく。

「……《結界（バリア）》」

脇をすり抜けたサンドスコーピオンがわたしに向かって突進してくるのを、グレン様が魔術を使って止めた。

そして、アイテムボックスから包丁を取り出したミカさんが叫んだ。

「おいしく料理してあげるのよ～！」

スパスパと、スコーピオンが捌かれていく。

さらに反対側からサンドスコーピオンが現れたけど、それもグレン様の魔術によって阻まれる。

「……《水弾》」

小さな水の玉が現れると一斉にサンドスコーピオンを貫いていった。


倒されたサンドスコーピオンは、ミカさんによって捌かれた。

衛兵たちが手際よくかまどを作っていく。

ミカさんはアイテムボックスから大なべをいくつも取り出して、捌いたサンドスコーピオンを茹で始めた。

そこから少し離れた場所で、護衛の騎士たちによってサンドスコーピオンを呼び出した男の人は拘束され、魔力封じの腕輪もつけられている。

「よく見たら、ベアズリー様をそそのかしていたニセモノの占い師なのよ～」

鍋をかき回していたミカさんがそう叫んだ。

グレン様はじっとニセモノの占い師の頭上を見つめて、つぶやく。

「そのようだね。職業は詐欺師、嫉妬に駆られた代行者の崇拝者。祝福として原初の精霊樹の灰と

いうものを受けていた。ロイズが言っていた内容と一致する」

「な……!? お前も賢者級の【鑑定】スキル持ちなのか!」

ニセモノの占い師はグレン様の言葉に目を見開いて驚いていた。

「原初の精霊樹の灰の効果は、転移や転送ができることと瘴気の影響を受けないことだね。ただし、魔力を封じられているとどちらも使えないみたいだ」

グレン様の言葉を聞いたニセモノの占い師は、ギギギと歯ぎしりをした。


捕まえたニセモノの占い師をどうするかと話していたところ、大きな音が空から聞こえた。

見上げるとそこにはとても大きくて蛇みたいな黒いものが飛んでいた。

「ロイズ様なのよ～。いつもより、うんと大きいのよ～」

ミカさんがいうように、わたしたちを馬車ごと運んでくれたときよりも何倍も大きい。

ロイズ様はこちらの存在に気づくとゆっくりと降りてきた。

途中で体を小さくして、地面に降り立つと同時に人の姿に変わる。

「リーンから事件が起きたと聞いて、急いでやってきた」

ロイズ様の言葉に首を傾(かし)げていたら、突然ブレスレットが震えだし、そこから真っ赤な鳥の姿をしたリーンが飛び出してきた。

『チェルシー様、ご無事でございますか?』

リーンはそう言うと翼を広げて、わたしを包み込んだ。

「どうして、ここに？」

『保管庫を管理している精霊たちが、チェルシー様の身に危険が迫っていると教えてくれましたの』

驚いてブレスレットに視線を向けると、キラキラと輝いた。

「ブレスレットから現れたように見えたけど……」

『わたくしのような大精霊は本気を出せば、そういったこともできるのですわ。それよりも、わたくしたちの出番はなかったようですわね』

リーンは周囲の様子を見ながら、そうつぶやいた。


わたしとリーンが話している間に、ロイズ様は衛兵たちから何が起こったかを詳しく聞いていた。

途中で何度か眉根を寄せたり、首を傾げたりしている。

聞き終わるとすぐにニセモノの占い師に視線を向けた。

「ひっ」

ニセモノの占い師はロイズ様の視線に耐え切れず、そんな声を出した。

「詳しいことは本人から直接聞いたほうがいいだろ。ミカに任せた」

「しかたない……なのよ～」

ミカさんは鍋をかき回すのをそばにいた衛兵に任せると、ニセモノの占い師の前に立った。

ロイズ様が一歩下がったことで、ニセモノの占い師の表情は落ち着いたものへと変わった。

「ではこれから、ミカが【尋問】を始めます。きちんと詳しく答えてください」

ミカさんは普段と違う口調になると、じっとニセモノの占い師を見つめた。

「あなたはどうして、わたしたちを襲ったんですか？」

「それはこの集団に、ピンク髪の少女が混ざっていたからだ」

ニセモノの占い師はそう言うと、目を見開いて驚いた表情になった。

「な、なぜだ……？」

そして、そんな風に小さくつぶやく。

「あなたはどうして、この女の子を襲おうとしたんですか？」

「我らが崇拝する代行者様が、魔鏡に映ったピンク髪の少女を見て、『許せない』とつぶやいたから、殺そうとした」

ニセモノの占い師はガタガタと震えだした。

そこへ、ロイズ様が魔王のような不敵な笑みを浮かべつつ、言った。

「くく……ミカは賢者級の【尋問】スキル持ちでな！　スキルを使われている間は、問われたことを必ず答えてしまうんだ。身に堪えるだろう？」

ロイズ様の笑い声が響く中、ミカさんはどんどん質問していく。

「代行者はどこに住んでいるんですか？」

「魔の森の中央付近にある大きな屋敷に、側仕えの男と代行者様を崇拝している者たちとともに、住んでいる」

「代行者は殺せと言ったんですか？」

「言っていない……」

「では、どうして殺そうと思ったんですか？」

「代行者様が『許せない』とつぶやくような人物をこの世から消せば、側仕えの男よりも私に心を寄せてくれるかもしれない、愛してくれるかもしれないと思ったからだ」

ニセモノの占い師はそう言うと泣きだした。

「もう、やめてくれ……これ以上、私の心情を暴かないでくれ！」

その言葉に、ロイズ様は首を横に振る。

ミカさんは大きくため息をついたあと、質問を続けた。

「では、サンドスコーピオンはどうやって手に入れたんですか？」

「あれは、代行者様の側仕えの男がくれたんだ。どこから連れてきたのかはわからない」

「どうやって手懐けたんですか？」

「好物を与えるだけで、懐く」

「いったん、【尋問】を終わりにします」

唐突にミカさんはそう言うと、倒れそうになった。

そこをロイズ様が支える。

「魔力切れだな。ミカ、よく頑張った」

「まだ、切れてはいないのよ～……」

ロイズ様の言葉に、ミカさんはいつもどおりの口調で弱々しく答えた。

「どうやら【尋問】スキルは、ものすごく魔力を使うものみたいだね」

グレン様は複雑そうな表情をしながら、そうつぶやいた。

「あとは城へ戻ってから、聞けばいい」

疑問は残りつつも、ニセモノの占い師はロイズ様がお城へと連れて行った。

＋＋＋

その日の夜、宿のベッドで昼間の出来事を思い返しながら、あれこれと考えていた。

何度も寝返りをうっていると、隣のベッドで寝ていたミカさんがつぶやいた。

「眠れない……のよ～？」

「……起こしてごめんなさい」

「気にしないでいいのよ～。それよりも、少しお話するのよ～」

ミカさんはそう言うと枕を持って、わたしのベッドに潜り込んできた。

誰かと一緒に眠ったことはなかったので、ミカさんの行動にとても驚いた。

「お邪魔しますなのよ～。夜遅いから小声で話すのよ～。隣のベッドだと遠いから、こうやって話すのがいいのよ～」

たしかにそうかもしれない。

そう思って、わたしは頷いた。

「さて、チェルシーちゃんは何を悩んでいるのよ～？」

ミカさんは仰向けになりながら、そうつぶやいた。

わたしも仰向けになって、考えていたことを話した。

「ニセモノの占い師が魔物を連れて襲い掛かってきたとき、わたしは守られているだけで、何もできなかったな……って思って」

ミカさんはとなりでふんふんと頷いている。

「何の役にも立てないのがもどかしいなって……。ミカさんは戦っていてすごいなって……」

「それは違うのよ～。サンドスコーピオンが食べられる魔物で、しかも美味だから、ミカは【料理】スキルを使って、魔物を料理していただけなのよ～」

そういえば、あのときのミカさんの動きは、捌いているようにしか見えなかった。

「食べられない魔物や人と戦うときは、まったく役に立たないのよ～。でも、戦い終わったら、み

んなを元気づける料理を出すのよ～。裏方も大事なのよ～？」

裏方なんて考えたこともなかった……。

「わたしにもできることはあるんでしょうか……」

「あるのよ～」

ミカさんはそう言うとわたしのほうを向いた。

「チェルシーちゃんのスキルを使えばなんだってできるのよ～」

「え？　【種子生成】で……？」

「例えばなのよ～？　花が咲いている間だけ結界を張る種を願えばいいのよ～」

「……願ったとおりの種子だから、たしかにそれなら生み出せるかも……」

「他にもなのよ～？　地面に落ちるとピカッと光って芽が出る種なんて、目くらましにちょうどいいのよ～」

わたしもミカさんのほうを向くとうんうんと頷いた。

そこからしばらくの間、さまざまな種について話し合った。

わたしの考え方ひとつで、水が湧く種やコップになる種、ベッドになる種など、ありとあらゆるものが生み出せるんだと理解した。

「設計図は起きてから、みんなに相談しながら考えればいいのよ～」

ミカさんはそう言うとまた仰向けになった。

「そういえば、ひとつチェルシーちゃんに聞きたいことがあったのよ～」

「なんでしょうか？」

「チェルシーちゃんは代行者に会ったことがある……のよ～？」

「ないです」

わたしがきっぱり言うとミカさんは唸（うな）った。

「う～ん……会ったこともないのに『許せない』なんて言うの、不思議なのよ～」

「何も心当たりがなくて……」

「困ったなのよ～。直接会って、理由を問いたいくらいなのよ～」

結局、代行者のことはよくわからないまま、気がついたら眠っていた。

9. とおかえりなさい

三日後、わたしたちは国境検問所の前に立っていた。

ここで護衛をしてくれていた衛兵たちとは別れる。

「すぐに帝国はまた豊かな国に戻ります。ぜひ遊びに来てくださいね！」

衛兵たちは別れ際にそう言って、去っていった。

「身分を証明するものを提示してください」

クロノワイズ王国側に立つ騎士が、わたしたちに向かってそう言った。

ミカさんは首にかけていた紋様入りの宝石を見せると、騎士は慣れた様子でうんうんと頷（うなず）いた。

次にわたしがサージェント辺境伯家の証（あかし）であるブローチを見せると、騎士は恭しく頭を下げた。

最後にグレン様が上着の内側をぴらっと開いて見せると、騎士は驚いて目を見開いた。

それから、護衛の騎士四人の素性を確認すると、通してくれた。

「どうして、あんなに驚いていたんでしょうか？」

馬車の中で尋ねると、グレン様は苦笑した。

「他国へ行くのだから、必ず『王家の証』を持っていけって言われてね……。別に、鑑定士の証だけで十分なんだけどね……」

それが上着の内側にあるんだ……。

どんなものなのか気になったけど、上着の内側を見たいって言うのは……良くないと思って言わなかった。


国境検問所で身分を証明したあとは、すぐにサージェント辺境伯家の屋敷へと移動した。

屋敷の入り口で馬車が止まる。

馬車の小窓から外を見れば、屋敷で働いている人たちがずらりと並んでいた。

まずはミカさんが降りて、続いてグレン様が降りる。

最後にわたしが降りようとしたところで転びかけて、グレン様に抱えられてしまった。

「ありがとうございます」

慌ててお礼を言うと、グレン様の視線がわたしの頭上に移った。

「けがはなさそうだけど、旅の疲れが出ているみたいだから、数日間は屋敷でしっかり休もうね」

どうやら、【鑑定】スキルを使って、ケガがないか確認してくれたみたい。

「はい」

そこまで疲れているようには感じないけど、グレン様の言葉に頷いた。

以前と同じように、養父様がグレン様に話しかけて、屋敷へと歩いていく。

歩いていく二人の姿を見ていると養母様が真正面に立った。

「おかえりなさい、チェルシーちゃん」

「ただいま戻りました。お母様」

養母様は満面の笑みを浮かべると、わたしを優しく抱きしめてくれた。

この温かさをずっと大切にしたい。

そんな気持ちがわいた。

「長旅で疲れたでしょう？　しっかり休んでちょうだい。それより、そちらはどちらさま？」

養母様は抱きしめていた腕を離すと、視線をミカさんへと向けた。

「わたし専属の料理人になってくれたミカさんです」

「ミカなのよ〜。今後のチェルシーちゃんの料理はすべて任せてなのよ〜！」

ミカさんが胸を張ってそう告げると、養母様は小さく首を傾げて、出迎えのために並んでくれている人たちの一人に視線を向けた。

「すべて任せてってことらしいけれど……料理長はそれでいいかしら？」

養母様が料理長と呼んだ人に視線を向けると、料理人らしい真っ白なコックコートにコック帽をかぶったおじさんが無表情のまま、ミカさんを見つめていた。

「いいえ」

そして、料理長は首を横に振るとこう答えた。

「一度料理の腕を確認させていただければ……と」

「そうね……腕前は確認しておきたいわね。では、今夜は料理対決にしましょ！　ミカさんでしたわね、いいかしら？」

「もちろんなのよ～！　おいしい料理を作るのよ～！」

ミカさんは飛び跳ねそうな勢いで喜んだ。尻尾がぶんぶんと揺れている。

そんなミカさんを見て、養母様は優しく微笑んでいた。

それから屋敷に入るとわたしは自分の部屋で休むことになった。

グレン様は養父様とお話しするために応接室へ、ミカさんは夕食の準備をするためにキッチンへと向かった。

わたしだけ休んでいるなんて、おかしいのでは？

「何かできることってないかな……」

そうぽつりとつぶやくと、ソファーでくつろいでいた子猫姿のエレが尻尾をぱたんと振った。

『種を生み出して、預けておけばよかろう』

「例えばどんな種？」

『ふむ……いつ飢えるかわからぬから、かぼちゃの種を生み出して、食べ物に困らないようにするのもよかろう。それとも、瘴気がいつ発生しても対応できるようにブルーリリィやスカイリリィの種を事前に生み出しておくのでもよい』

エレはそう言うと首を傾げ、考えるような仕草をした。

『ほかには、城塞内にチェルシー様専用の庭をもらったのであろう？　そこに植える種を生み出してもよい。あとはこの先、何が起こるかわからぬからな……万が一に備えてエリクサーの種を生み出すのでもよいな。チェルシー様であれば、いくらでも思いつくであろう？』

そう言われると、頭の中にいろんな種を思いついた。

「そうだね。それなら、いろんな種を生み出してみるね。まずは……」

そう言って真っ先に思いついたのは……。

「エリクサーの種を生み出します――【種子生成】」

ぽんっという軽い音とともに両手のひらに乗るくらいの大きさの丸くてオレンジ色の種が現れた。

もし家族が病気になったら、すぐに渡せるように生み出しておいたほうがいいよね。

『生み出したものは、ブレスレットを通じて精霊界の保管庫に預けておくがいい』

わたしはエレの言葉に頷くと、種を預けるように念じた。

するとエリクサーの種はパッと消えた。

ブレスレットがキラッと光ったので、精霊界のわたし専用の保管庫に預けられたらしい。

「次はココヤシの種を生み出します――【種子生成】」

ぽんっという音とともに生み出したあとはすぐに預けるように念じる。またしてもパッと消える。

それから、かぼちゃの種、ブルーリリィの種、スカイリリィの種、イモやニンジンなどの野菜の種、バラやパンジー、アネモネといった花の種などいろいろなものを生み出して、すべて精霊界の保管庫に預けた。

預けるたびにブレスレットがキラッと光るので、たぶん、保管庫を管理している精霊たちが喜んでいるのかもしれない。

喜ばれていると思うとやる気が出る。

でも、生み出しすぎが原因で魔力不足で倒れるわけにはいかないので、きっちり二十種類生み出したところでやめた。

＋＋＋

種を生み出し終わってからしばらくして、サイクスお兄様とフェリクスお兄様がやってきた。

「そろそろ夕食の時間だから、迎えに来たんだ」

サイクスお兄様はそう言うとにっこり微笑んだ。

廊下へ出て大食堂へ向かおうとすると、サイクスお兄様がすっとわたしの右隣に立った。

「転ばないように手をつなごうか」

わたしが返事するよりも先に、サイクスお兄様はわたしの手を取った。

「サイ兄さんずるい……」

フェリクスお兄様はそう言うとわたしの左隣に立ち、さっと手を取る。

「両手つないでおけば、転ばないよね」

よくわからないまま二人と手をつないで歩き始めた。

「そういえば今日の夕食は、チェルシーが連れてきた料理人と料理長の対決だって聞いたよ」

「そうなんです。ミカさんという名前で狐人なんですけど、すごく料理がおいしいんです」

「それは楽しみだね」

サイクスお兄様の言葉に力強く頷いた。

食堂へつくと、すでにみんなそろっていた。

わたしは以前と同じように、お祖父様とお祖母様の間の席に座る。

するとすぐに料理が運ばれてきた。

お魚のソテーと小さなミートパイ、それからサラダは料理人のみんなで作ったものだそうで、最後に運ばれてきた二皿のリゾットが料理長とミカさんが作ったものらしい。

赤い縁取りのお皿と青い縁取りのお皿にはどちらもキノコたっぷりのリゾットが入っている。

「今日はチェルシーちゃんの専属料理人ミカさんの腕前の確認のために、料理長と料理対決を行います。リゾットが二皿あるので、食べ終わったら、どちらが好みか聞きますので、お教えくださいませ」

養母様がそう言うとお祖母様が嬉しそうに両手を組んで笑みを浮かべている。

養父様やお祖父様はしかたがない……というように苦笑いを浮かべていた。

大地の神様に祈りを捧げたあと、まずはサラダを食べて、続いてお魚のソテーと小さなミートパイを食べた。

そして最後にリゾットを食べ比べる。

どちらも鶏肉とキノコが入っているんだけど、赤い縁取りのお皿のほうはよく知っているリゾットの味がした。

もうひとつの青い縁取りのお皿のリゾットは、まったく違う味がした。

前にロイズ様のお家でいただいた中華がゆみたいに、何か違う味がしておいしい。

もう一度赤いお皿のほうを食べると、ひと味足りなく感じた。

間違いなく、青いお皿のほうがおいしい。わたしの好きな味。

そう思って顔を上げると、養母様と目が合った。

「さて、どちらの味が気に入ったか手を挙げてくださいませ。まずは赤い縁取りのお皿のほう」

すっとお祖父様が手を挙げた。

他は誰も手を挙げない。

「続いて、青い縁取りのお皿のほう」

お祖父様を含めて全員が手を挙げた。

両方ともに手を挙げてもいいの？

そう思ってお祖父様に視線を向けるとニッとした笑みを浮かべていた。

「では、青い縁取りのリゾットを作った方を呼んでくださいな」

養母様の言葉にメイドの一人がキッチンへと向かう。

「ワシはどちらも好ましいと思ったから、両方に手を挙げたんじゃよ」

「どちらかといった場合は、普通は片方に挙げるものだ。お祖父様の真似(まね)はしなくていいよ」

「曲がったことをチェルシーに教えるなんて、お祖父様は本当に……」

お祖父様の言葉にサイクスお兄様とフェリクスお兄様がそう返していた。

グレン様に視線を向ければ、苦笑いを浮かべているので、お兄様たちが正しいのかもしれない。

そんなことを考えていると、ミカさんがメイドとともに現れた。

その後ろにはコック帽をきゅっと握りしめた料理長が立っている。

「青い縁取りのお皿はミカさんで間違いないですわね？」

養母様の言葉にミカさんは力強く頷いた。

「ミカさんの腕前を確認できたことですし、チェルシーちゃんの料理をお任せするということで、いいわね？　料理長」

「はい」

料理長は素直に頷いたあと、ミカさんに向かって頭を下げた。

「腕を疑って、申し訳ない」

「いいのよ～。確認は大事なことなのよ～！」

ミカさんは尻尾をゆらゆらさせている。

料理長は顔を上げるともう一度頭を下げた。

「それと、どうか私にあのリゾットの作り方を教えてほしい。全員が選ぶほどの違いを知りたい」

その言葉は想定外だったのか、ミカさんの尻尾がぶわっと膨らんだ。

「ミカは獣人なのよ～？　それでもいい……のよ～？」

「料理に種族は関係ない。ワシはおいしいものを作りたい」

「わかったのよ～」

ミカさんは嬉しそうに笑うと、尻尾をぶんぶんと振った。

＋＋＋

食後は、疲れているだろうからとすぐにお風呂に入り、早めに眠るよう言われた。

メイドたちに手伝ってもらってお風呂に入り、着替え終わったところで体がだるくて重たいことに気がついた。

ぼーっとしながらベッドへ向かおうとして、力が抜けて座り込んでしまった。

メイドの一人が慌ててわたしを支えてベッドへ運んでくれた。

「お嬢様、体がとても熱いです！」

運んでくれたメイドがそう叫ぶと、すぐに他のメイドたちが動き出した。

ベッドの上からぼんやりとメイドたちの様子を見ていると、養母様がやってきた。

養母様は悲しそうな表情のまま、わたしの額に手を当てると、眉間にシワを寄せた。

「とても高いわね……」

そのまま頭をひと撫でると、濡れタオルを載せられた。

冷たくて気持ちいい……。

少し遅れて養父様とグレン様が部屋へとやってきた。

グレン様がじっとわたしの頭上を見つめている。

「【鑑定】したけど、これは疲れからくる熱だ。この手の熱には【治癒】スキルは効かない」

枕元に立つグレン様はわたしよりもつらそうな顔をしている。

大丈夫って言わなきゃ……。

そう思ったけど、声を出すのもだるくて、気がついたら意識を失っていた。


翌日、目が覚めても熱は下がっていなかった。

あまりにもだるくて何も食べたくない。

そうメイドに告げたら、少ししてから、ミカさんが中華がゆを持って現れた。

「ひと口でいいから食べるのよ～。食べないと体力が落ちて、治るのが遅くなるのよ～」

それは困る……。これ以上、グレン様に迷惑をかけたくない。

そう思って、ひと口食べると、するするとお腹に入って、気がついたら完食していた。

「チェルシーちゃん、えらいのよ～！　栄養たっぷりだから、すぐ元気になるのよ～」

ミカさんはそう言うとわたしの頭を撫でて、部屋を出て行った。

その翌日には、だるさは残っているけど、熱は下がった。

早く元気になって王立研究所に戻らないと……！

そう思って、お見舞いに来ていたグレン様に予定を聞いてみた。

「いつごろ、王都へ向かいますか？」

「もうしばらく休んでからね」

グレン様はそう言うだけで、はっきりとした日付は口にしなかった。

もしかして、言えないくらい予定が遅れているのかな……？

申し訳ない気持ちになって、しょんぼりしていると、グレン様は心配そうな笑みを浮かべて頭を撫でてくれた。

「もともと数日間はここに滞在する予定だって、連絡してあるから気にせず、しっかり休むんだよ。早く元気になってほしいとは思うけど、無理しないでね」

「はい」

グレン様の優しい言葉に、わたしは頬を緩めた。


それからさらに数日後……わたしはまた熱を出して寝込んでいた。

【鑑定】したけど、今度は魔力熱みたいだね」

養母様と一緒に現れたグレン様はそう告げると、またつらそうな表情になった。

どうしていつもそんな表情になるんだろう？

不思議に思っても、体がだるくて思ったように言葉にできない。

「魔力熱って幼いころにかかって、一週間くらいうとうとするもの……でしたわね？」

養母様の言葉に、グレン様は頷く。

「体と魔力壺のバランスが崩れると出る熱だね。これも【治癒】スキルでは治せないんだ」

「チェルシーちゃんはようやく体に栄養が行き渡ったから、魔力熱になったってところかしら
……」

「そうだと思います」

幼いころにかかる病に十二歳になってから、かかるなんて……。

体は幼いのだと病気に言われたような気がして、少し残念な気持ちになった。

魔力熱のせいで、一日中うとうとしながら過ごしていた。

あるとき、ぼんやりとした意識の中、養父様とグレン様の声が聞こえてきた。

「……チェルシーは療養のため、しばらく屋敷で暮らしたほうがいいでしょう」

「たしかに今のチェルシーでは、治ったとしても体力が落ちているため、馬車に乗ることは難しい。しっかり休ませるべきだろう」

「ですので、どうか殿下は先に城へお戻りください」

グレン様、先に戻っちゃうの？

「……だが、俺にはチェルシーと交わした約束がある」

「それでしたら、忘れていただいてかまいません。我々、家族がしっかり守りますので」

約束は忘れてもいいの？

「本人の許しもなく、忘れていいわけがないだろう……」

グレン様の低い声が響く。

「以前も申しましたとおり、殿下はいずれチェルシーを守れなくなります。そうなる前に、サージェント辺境伯家にチェルシーをお返しくださいませ」

「……やだ……置いていかないで……」

気がついたら、泣きながらそう訴えていた。

「置いていかないよ。大丈夫だよ」

グレン様はそうつぶやきながら優しく頭を撫でてくれる。
そして、気がつくと深い眠りに落ちていた。

10. と療養

I'll Never Go Back to Bygone Days!

魔力熱になってから一週間ほどで熱は下がり、うとうとすることはなくなった。

これで、王都へ向けて出発できると思っていたら、サージェント辺境伯家お抱えの治癒士の先生に止められた。

「魔力熱は魔力を溜めておく魔力壺と体のバランスが崩れると出る熱です。この熱が出ると魔力壺の大きさに合わせようと体が急成長する傾向があります。ですので、今の状態で王都へ向かったとしても、途中で体調を崩すことになります。ひと月から最大で半年ほど、様子を見るべきです」

ひと月から半年……!?

そんな長期間、わたしの都合でグレン様を留めておくわけにはいかない。

グレン様には、王族としての仕事も公爵としての仕事も鑑定士としての仕事もある。

わたしの考えられる範囲内だけでも、本当はとても忙しいはず……。

グレン様には、先に王都へ戻ってもらうべき……。

わたしはグレン様に先へ戻ってもらうよう伝えることにした。

グレン様は毎日、お見舞いに来てくれる。

今日も午前中に部屋にやってきた。

すぐに【鑑定】スキルを使って、わたしの体調を確認する。

「魔力熱は治ったようだね」

グレン様はそう言うと、わたしの頭をぽんぽんと撫でてくれた。

「治癒士の先生が言うには、魔力熱が出たあとは体が急成長するらしいです」

わたしの言葉にグレン様がうんうんと頷いた。

「実は俺も幼いころにかかったことがあってね……あれはつらかったな」

「……ひと月から最大で半年ほど様子を見なきゃいけないらしいです」

「そういえば、それくらいかかるね」

グレン様は、いつもと同じように優しい微笑みを浮かべている。

伝えるなら、きっと今だ。

「あの……グレン様」

グレン様は小さく首を傾げる。

「先にお戻りください」

単刀直入にそう言うと、グレン様は目を見開いて驚いた表情へと変わった。

「それは誰かに言わされているのか？」

グレン様の口調が普段よりも厳しいものになっている。

わたしは首を横に振る。

「違います。わたしが考えて、言いました」

夢うつつの状態で養父様がグレン様に戻るよう話していたのは覚えている。

それがきっかけでないと言えばウソになるけど、言わされているわけではない。

グレン様は渋い表情をしながら、じっとわたしを見つめるだけで、何も言わない。

「ここに来て、すでに十日は経(た)っています。さらにひと月……もしかしたら半年となると、長すぎると思ったんです」

きっぱり言うと、グレン様は深くため息をついて、ぽつりとつぶやいた。

「……チェルシーを置いていきたくない」

まるで子どものような言い方をするグレン様は、口をへの字に曲げている。

普段見ないグレン様の様子にとても驚いた。

「なんて我儘(わがまま)をとおすわけにはいかないよね」

グレン様はそう言うと苦笑いを浮かべた。

「先に王都へ戻ることにするね。でも、チェルシーが元気になったら、必ず迎えに来るから」

そう言った翌朝、グレン様と護衛の騎士たちは王都へ向けて旅立った。

＋＋＋

グレン様が出発した日から、わたしはため息をつくことが増えた。

ミカさんが作ってくれた料理を食べている途中なのに、これはグレン様の好物だったはず……なんてことを思い出して、ため息をついたり……。

運動のために屋敷を歩いていたら、グレン様が泊っていた客室の前で立ち止まってしまって、そこで勉強をしたことや設計図を考えたことを思い出して、ため息をついたり……。

出会ったときのことや秘密の場所でお茶会をしたこと、手をつないでくれたことなんかを思い出してはため息をついていた。

どうしてこんなにグレン様のことを思い出しては、ため息をついてしまうんだろう。

自分では答えがわからなかったので、ミカさんと養母様に相談に乗ってもらうことにした。

「いくら理由を考えてもわからないんです。どうしてなんでしょうか？」

包み隠さずすべてを話すと、養母様はにんまりとした笑みを浮かべ、ミカさんは目をキラキラと輝かせて尻尾をぶんぶん振った。

「まったく理由が思いつかないのよね？」

「はい」

素直に頷くと、養母様は首を傾げた。

「チェルシーちゃんの場合、基礎知識がなさすぎて自分で答えを見つけるのは難しいかしら……」

「はっきりさせたほうがいいと思うのよ～」

「そうね。この際だからはっきりさせましょ」

養母様とミカさんは視線を合わせるとうんうんと頷き合っている。

いつの間にか二人はとても仲良くなったみたい。

「あのね、チェルシーちゃん」

「はい」

「あなたはね、殿下に恋をしているのよ」

養母様に言われて、わたしは何度も瞬きを繰り返した。

恋って……相手を愛おしいと思って、苦しくなったり、悲しくなったり、嬉しくなったりするものだって、前に読んだ『妖精物語』という本に書いてあった。

言われてみれば、わたしはグレン様のことを思い出しながら、そんなことを考えていたかも……。

「殿下に今すぐにでも会いたいと思っているのでしょう?」

わたしはコクリと頷く。

そこでようやくわたしは、グレン様を好きなのだと、恋をしているのだと自覚した。

その途端、顔が赤くなっていった。

さっきまで養母様とミカさんに話していた内容って、どれくらいグレン様を好きと思っているかという話じゃない!?

気がついてしまえば、恥ずかしくてたまらなくなった。

「ふふっ……チェルシーちゃんいい顔になってるわ」

「恋する女はきれいになるのよ～」

「私はチェルシーちゃんの恋を応援するつもりよ。殿下の婚約者になれるようお見合いの釣書を送ってもいいわね」

養母様の言葉にわたしはぴたりと動きを止めた。

恋を自覚しただけで、グレン様の婚約者になるなんて……そこまで考えていなかった。

「あら？　どうしたのかしら？」

養母様は不思議そうにわたしの顔を覗き込んでくる。

「わたしみたいな子どもが婚約者になんて、ふ、ふさわしくないです」

自分で言っていて泣きそうになった。

サージェント辺境伯家の養女になる前……男爵家で暮らしていたころ、わたしはまともな食事も与えられていなかったため、十二歳になった今でも見た目は八歳くらいの身長しかない。

グレン様もわたしのことを子ども扱いして、抱き上げたり、頭を撫でたりしている。

そんなわたしから、お見合いの釣書を送られるなんて……迷惑としか思えない。

先が真っ暗になるような感覚に囚われていたところへ、養母様が言った。

「魔力熱を出したあとは急成長するってうちの治癒士から聞いたでしょう？　身長であれば、あっという間に伸びるわよ」

たしかに急成長するって聞いていた。

それって背が伸びることだったんだ！

背が伸びれば、少しは子どもだとは思われないかもしれない……！

養母様の言葉に希望の光を見出して、祈るように両手を組んだ。

「やっぱり、あの計画を進めるしかないわね」

「徹底的にやっちゃうのよ～」

計画ってなんだろう？

そう思って首を傾げていたら、二人はにんまりと笑った。

「チェルシーちゃんがステキな令嬢になれるよう、屋敷中のみんなでお手伝いしましょうって計画していたのよ」

男爵家にいたころはまともに勉強をさせてもらえなかったし、王立研究所に行ってからは、つけ焼き刃だったので、ステキな令嬢になれるのであればなりたい。

わたしは素直に頷く。

「少し修正するといいのよ～。殿下に見合う令嬢になるのよ～」

「たしかに、そっちのほうがいいわね！」

ミカさんの言葉に養母様が手を叩いて喜んだ。

「ではチェルシーちゃんは、ここにいる間に殿下に見合う令嬢になれるようお勉強しましょうね」

「は、はい。よろしくお願いします」

「所作や言動についてもきっちり指導したいから、王都へ向かうのは半年後にしましょうね」

グレン様に会いたいと自覚したのに、王都へ行く日が治癒士の先生が言っていた最大の半年後になるなんて……!?

あまりのショックに呆然としていると、養母様はにっこりと微笑んだ。

「会えない間に育まれる愛もあるのよ」

養母様はそう言うと、婚約してから結婚するまでの間、養父様と手紙のやりとりをしていたことを教えてくれた。

もともと養母様は王都で暮らしていたらしく、結婚するまでは離れ離れだったそうだ。

「口では言えないけど、手紙なら言えることってあるのよ」

手紙の内容は教えてもらっていないけど、養母様の嬉しそうな微笑みを見れば、とてもいい思い出だってことはわかる。

「というわけで、チェルシーちゃんもお手紙を書きましょうね」

「はい」

わたしは養母様の言葉に頷いた。

グレン様にお手紙を書く日が来るなんて、考えたこともなかったので、とても楽しみ！

「わたし、がんばります！」

拳を作ってそう宣言すると、養母様もミカさんもにっこりと笑った。


後日、エレにグレン様に手紙を書くことになったと教えた。

『ならば、我が届けてやろう。ついでに返事ももらってきてやらんこともない』

子猫姿でえらそうに言っても、かわいいだけなのは黙っておいた。

どうやらエレもリーンと同じように、わたしが身につけている精霊樹のブレスレットから他の精霊樹へ移動することができるそうだ。

『届けている間は、我はチェルシー様を守れぬが、幸いグレンが出発前にこの屋敷に結界を張っていったからな。この屋敷から出なければ、チェルシー様の身に危険が及ぶことはない』

こんな形で守られているなんて、嬉しくてしかたない。

『我が主がそこまで喜ぶのであれば、たまにはよかろう』

「ありがとう！」

わたしは子猫姿のエレにお礼を言ったあと、すぐにグレン様宛の手紙を書こうとした。

ところが、エレに止められた。

『ここから王都まで片道十日はかかる。つまり、グレンはまだ王都にはおらぬ。手紙を書いても届けられぬ』

言われるまでそんなことに気づかないなんて……。

恥ずかしくて言葉に詰まっていると、顔がどんどん熱くなった。

たぶん、真っ赤になっているに違いない。

『恋は盲目というからな……しかたない』

わたしは恥ずかしいのを誤魔化すために、子猫姿のエレのお腹(なか)をめいっぱい撫でまわした。

幕間5. グレン

Interlude

サージェント辺境伯領から王都に着き、居城の私室で休んでいたところ、子猫姿のエレが部屋へとやってきた。

俺はすぐに人払いをして、エレに話しかける。

「なぜエレがここにいるんだ?」

『チェルシー様を喜ばすためだ』

子猫姿のエレはそう言うと、小脇に抱えていた手紙を投げつけてきた。

受け取って差出人の名前を見れば、つたない文字で『チェルシー』と記されていた。

何かあったのか?

喜びよりも先に不安を感じて、手紙の封を切れば、そこには『迎えに来るのは半年先に延ばしてほしい』という内容が書かれていた。

どうやら、体調を整えるだけでなく、令嬢らしい勉強をするためらしい。

チェルシーは男爵家にいたころ、まともな教育を受けていなかった。

王立研究所へ来てからは、スキルの調査と研究の合間や俺と行っている魔力の総量を増やすためのお茶会の最中にしていた程度で偏りがある。

ちょうどいい機会だったのだろう。

『返事を書くのだろう？』

「もちろん、書くが……」

『書き終わったら、チェルシー様の元まで運ぶという約束をしてある』

「数日かかってもいいのか？」

『おまえがあの屋敷に掛けた結界が簡単に壊れるようなものであれば、すぐに戻るのだがな。そうではなかろう？』

「ああ。原初の精霊樹に掛けたものよりも、強固な結界にしたつもりだ」

『まったく……惚れた弱みというやつだな』

俺はエレの言葉に視線をそらすだけで、答えなかった。


結局、翌朝にはチェルシー宛の手紙は書き終わっていた。

内容は半年後、必ず迎えに行くというもの。

他にもサージェント辺境伯領から王都へ戻るまでの話を書こうかと思ったが、たいして面白くもない話を聞かされても困るだろうと思ってやめた。

＋＋＋

到着した日の夜、俺は国王である兄の執務室を訪れていた。

部屋に入るとすぐ、人払いをしてもらう。

「ただいま戻りました」

兄にそう告げるとすぐにソファーに座るよう促された。

「無事で何よりだ。それよりも、何か言いたいことがあるんだろう？」

ローテーブルを挟んで向かい合わせに座れば、兄は俺の様子を面白そうに見つめている。

「特別研究員であるチェルシーは、魔力熱を出したため、そのまま領地で半年間、療養させることにしました」

「成長期の子どもが魔力熱にかかれば、療養するのは当たり前のことだな」

兄とは年が離れているので、俺が魔力熱を出したときの様子を覚えているのだろう。

「特別研究員であることはそのまま据え置き、療養中は休職扱いとする」

すぐに任を解かれるわけではないとわかり、ほっとした。

「それで、他には？」

俺は深呼吸をしてから告げた。

「半年後、チェルシーを迎えにサージェント辺境伯領へ行きます」

「希望ではなく、決定か」

兄の言葉に頷く。

「迎えを出すのは構わない。だが、王弟であるお前が迎えに行く必要がどこにある？」

不思議そうに首を捻りつつも、兄はニヤニヤとした笑みを浮かべている。

チェルシーが変わろうとしているのだから、俺も変わるべきだ。

ここではっきり言えなければ、この先チェルシーにも言えない。

俺はしっかりと兄に視線を向けた。

「婚約の申し入れをするために、迎えに行きます」

「あの娘は、失ったら大損だと思えるほど有用なスキルの持ち主だったな。他の貴族たちに渡せば、いらぬ争いが起こるだろうな」

兄はとぼけた様子でそんなことを言った。

俺はもう一度深呼吸をする。

「政略的ではなく、俺自身が彼女を欲しいから、婚約を申し入れに行きます」

そう言い切ると、兄は突然笑い出した。

「ついに本音を言ったか！　ここまで長かったな！」

兄はひとしきり笑うと首を傾げた。

「そういえばあの娘は外見が幼かっただろう？　たしか『ろりこん』というのではなかったか？」

王家に伝わる転生者辞典を読んだことのある兄のセリフは、俺の胸に刺さった。

それは俺もずっと気にしていた。

以前、ロイズが『獣族は外見年齢や大きさを自由に変えられるから、見た目で判断しない』と言っていた。

あのとき、俺はチェルシーが大人になった姿や年を取った姿を想像した。

それでもチェルシーへの想(おも)いは変わらないことに気がついた。

つまり、外見に惚れたわけでない。そもそも出会ったときはボロボロな姿だったし……。

心に惚れたと言えば、正しい。

「あーうん……もう十分わかったから、そんなに惚気(のろけ)るな」

もしや、考えていたことが口に出ていた……のか？

「兄としてはお前の気持ち、ちゃんと理解したからな」

そう言うと兄の態度が威厳のある国王のものへと変わった。

「国王としてサージェント辺境伯家の養女チェルシーを王弟グレンアーノルド・スノーフレークの婚約者として据える」

「そんな!?」

兄は……いや、国王は、王命として俺とチェルシーを婚約させると言った。

はたから見れば、政略的なものとなる。

「もともと、あの娘は野放しにできない。お前もわかっているだろう?」

チェルシーのスキルは『願ったとおりの種子を生み出す』もの。

願えば、魅了する種を生み出して世界を統治することも、毒を撒き散らす種を生み出して滅ぼすこともできる。

「万が一、お前が婚約者にならなかった場合、第一王子と婚約させるつもりだった」

「第一王子は、まだ三歳じゃないですか!?」

「それができなければ、いずれは塔への幽閉、もしくは魔力封印もありえると考えていた」

「チェルシーはまだ、何も悪いことをしていません。むしろ、国の繁栄……いや、世界平和のために動いています」

「では、お前が婚約者となり、守るしかないな」

そう言うと兄は魔王のようにクククと笑った。

「では、守るために宝物庫の魔道具をひとつ、お与えください」

「よかろう。好きなものを持っていくがいい」

意趣返しのように無理難題を言ったつもりだったのだが、兄はあっさりと許可をくれた。

以前、宝物庫の中で見つけた指輪型の魔道具は、装着者の身に危険が及ぶと、自動で防御の魔術が発動するというもの。

チェルシーが婚約者になった場合、女性同士の争いで傷つく可能性がある。

それを事前に排除するためには、あの指輪が必要だ。

「お前はあの娘に政略だと思われないように努力しろよ」

兄はそう言うと俺を部屋から追い出した。

エピローグ

I'll Never Go Back to Bygone Days!

あれからわたしは、しっかり食事と睡眠を摂り、たくさん勉強をした。

ミカさんは、体にいいと言われる食材たっぷりの料理を作ってくれた。

そのおかげもあって、わたしの背はすごく伸びた。

と言っても、十二歳の平均身長より少し低いくらいだけど……。

背が伸びると同時に成長痛になり、身動きできない日があった。

そういう日は、養母様とお祖母様の三人でお話をすることになった。

二人とも普段とは違って、令嬢らしい口調で話すから、自然とわたしの口調も令嬢らしいものへと変わっていった。

それから、半年間ずっと、グレン様と手紙のやりとりをした結果、今まで知ることのなかったグレン様の一面がわかって、とても嬉しかった。

どんどんグレン様に会いたいという気持ちが膨らんで、はっきり言ってつらかった……。

そうして、半年が経ち、ようやく王立研究所から迎えが来ることになった。

お迎えの一行に、グレン様も同行しているって、最後にもらった手紙に書いてあった。

会えるのが本当に楽しみで、到着する前日はソワソワしすぎてあまり眠れなかった。

夕方に到着すると聞いていたのに、じっとしていられなくて、何度も玄関と部屋を往復して、メイドたちに温かい目で見られてしまった。

「チェルシーちゃん、もう少し落ち着きましょうね」

「はい、申し訳ございません。お母様」

養母様に注意されたことで、わたしは部屋で大人しく待つことにした。


「お嬢様、そろそろ馬車が到着するとのことです」

メイドの言葉に頷(うなず)くと、早歩きで玄関へと向かった。

服装や髪型に乱れがないか確認したあと、姿勢を正して外へ出る。

ちょうど馬車が到着したようだった。

ゆっくりとグレン様が馬車から降りてくるのが見えた。

夜のような濃紺色の髪に吸い込まれそうな水色の瞳。

何度見ても、おとぎ話に出てくる天使様のようにとてもきれいな人。

見惚(みと)れているとグレン様と視線が合った。

わたしはつい、視線をそらしたあと、下を向いてしまった。

久しぶりに会えたのが嬉しくて、同時に恥ずかしくて……どうしていいかわからない。

顔が熱いので、きっと真っ赤になっているだろう。

両手で頬を隠していると、目の前に人の気配を感じた。

「チェルシーで間違いないね？」

「はい」

聞き覚えのある優しい声はグレン様のもので、すぐに頷いた。

「こんなに背が伸びて、令嬢らしくなってしまったら、そう簡単に頭を撫(な)でたりできないね」

グレン様はそう言うと、わたしの目の前で跪(ひざまず)いた。

跪かれると下を向いているわたしと視線が合う。

普段の優しい笑みはなく、表情を硬くしながら見つめてくる。

こんな表情見たことがなくて、目を逸(そ)らせなかった。

しばらく見つめ合っていると、グレン様の表情が眉をハの字にした困り顔へと変わった。

「我慢できそうもないな……」

グレン様はそんなことをつぶやくと、もう一度表情を硬くしたあと、アイテムボックスから小箱を取り出した。

そして、パカッと小箱の口を開けて、中身をわたしに見せてくる。

「これからも堂々とチェルシーを守るために、これを受け取ってもらえないだろうか？」

箱の中に入っていたのは、グレン様の瞳と同じ水色の宝石のついた指輪だった。

婚約をしていない令嬢に指輪を贈るのは、『結婚を前提にお付き合いをしてほしい』『婚約者になってほしい』という意味だと、この半年の間に学んだ。

見間違いじゃないかと思って、何度も瞬（まばた）きを繰り返したけど、目の前の指輪は消えない。

「もっとはっきり言わないと伝わらない……かな？」

わたしが瞬きを繰り返すだけで何も言わないから、グレン様はそうつぶやいた。

そして、大きく深呼吸をする。

「チェルシーを愛（いと）おしいと思っている。どうか、婚約者になってほしい」

言われた途端、わたしの顔は一気に真っ赤になった。

ここまではっきり言われれば、見間違いだなんて思っていられない。

「はい」

わたしは小さく答えながら、コクリと頷いた。

グレン様の表情が硬く緊張したものから嬉しそうなものへと変わっていく。

そして、小箱から指輪を取り出すと、すっとわたしの右手の薬指にはめた。

しゅるっという音がして指にぴったりの大きさへと変わる。

精霊樹でできたブレスレットをつけたときも同じことが起こったので、今度は驚かなかった。

「これは婚約指輪でもあるけど、装着者の身に危険が及ぶと防御の魔術が発動する魔道具でもあるんだ。そう簡単にははずせないから、右手の薬指につけさせてもらったよ。左手の薬指には結婚指輪をつけてほしいからね」

右手の薬指にはまる指輪を見つめていたら、グレン様がそう説明してくれた。

いつかする結婚を考えての右手の薬指……。

どこにいても、グレン様が守ってくれるという証（あかし）でもある指輪型の魔道具。

あまりにも嬉しすぎて、胸がいっぱいになった。

グレン様は立ち上がると、わたしの手をゆっくり取った。

視線を向ければ、普段とは違って、蕩（とろ）けるような笑みを浮かべている。

そんな顔をしても、天使様のようにきれいで見惚れてしまった。

「まったく……」

声がしたほうへと振り向けば、そこにはムッとした表情の養父様が立っていた。

そういえば、ここは玄関前……。屋敷で働く人たちも一緒に出迎えをしている場で……つまり、たくさん人がいる場所で……。

こんなにたくさん人がいる前で、婚約の申し入れを受け入れたのだと思ったら、顔がどんどん熱くなった。

「まあ、チェルシーちゃんったら、お顔が真っ赤になっていましてよ？」

養父様の隣に立っていた養母様が、満面の笑みを浮かべながらそんなことを言った。

そう言われてもすぐには元に戻らない。

手で顔を隠したくても、グレン様に片手を取られているので、口元しか押さえられない。

結局わたしは、顔を真っ赤にしたまま屋敷に戻った。

＋＋＋

グレン様とともに応接室のソファーに腰掛ける。

向かいにはずっとムッとした表情をしている養父様と満面の笑みを浮かべた養母様が座っている。

しばらくすると笑顔を浮かべたミカさんが給仕のメイドと一緒に入ってきた。

メイドはローテーブルに紅茶と羊羹(ようかん)を並べていく。

この羊羹はミカさんが作ったもので、甘いので渋めの紅茶ととても合う。

プリンの次に好きなお菓子になりつつある。

大地の神様に祈りを捧(ささ)げたあとに、羊羹をいただけば、小豆の甘さが体に染みる……。

ふと隣に座るグレン様を見れば、感動しているような表情を浮かべていた。

「グレン様も羊羹がお好きなのですね」

そうつぶやけば、嬉しそうに頷かれた。

しばらくは旅の間の出来事や、この半年間に王都で起こったことについてなどを話していた。

どれも興味惹かれるものばかりで、わたしは真剣にグレン様の話を聞いていた。

養父様もムッとした表情から驚いたり感心したりと表情を変えていった。

そうして場が和んだところで、グレン様が姿勢を正して養父様へと視線を向けた。

「そろそろ、本題を話してもいいかな？」

養父様はそう言われた途端、またしてもムッとした表情になったけど、小さく頷いた。

「では改めて。どうか、チェルシーと婚約することを許可してほしい」

貴族の場合、結婚や婚約は家同士のつながりを強固にする意味合いもあるから、家長の許しが必要となる。

許しがない状態だと、ただの『お付き合い』と言われるし、無理矢理結婚すると『駆け落ち』となるのだそうだ。

ただの『お付き合い』であれば、周りにそこまで迷惑が掛からないから黙認されることが多いらしいけど、『駆け落ち』となれば、跡取りであれば大問題だし、貴族社会から離れるので当人たちも苦労するのだと、養母様から教わっている。

だから、許しをもらうことはとても大事。

わたしからもお願いするために、養父様に向かって頭を下げた。

「許可するもなにも、これはすでに決定事項なのでございましょう？」

養父様はそう言うと上着の内側から封筒を取り出して、広げて見せた。

そこには、王命として、わたしをグレン様の婚約者に据えると書かれていた。

国王陛下が決めた婚約は、政略的なものがほとんどらしい。

つまり、わたしとグレン様が婚約するのも、政略的なものということ……？

そう思ってグレン様を見れば、悲しそうな表情をされた。

「たとえばだが、その王命がなかった場合、ジェイムズ殿は許可をくれるのだろうか？」

「殿下の婚約者になるなぞ、危険すぎるのでお断りしたでしょうね」

養父様が言う危険については、お祖母様と養母様からすでに聞いている。

まだ第一王子が幼いので、次期国王にと祭り上げられる可能性もあるし、公爵家当主という立場なので、他の令嬢たちと女同士の争いをする可能性もある。

それでもわたしはグレン様の隣にいたいと願った。

もしも、政略的な婚約だったとしても、グレン様の隣にいられるならばかまわない。

「俺はチェルシーに必ず守ると約束しているので、危険な目には遭わせない」

グレン様はきっぱり言った。

どんなときでも守ると言い切ってくれるグレン様を見ていると安心する。

「ですが、殿下の入り込めない女性同士の場で……というのもあるでしょう？」

養父様はそんなことを言ってなかなか引き下がらない。

「指輪型の魔道具を渡してある。万が一にも備えてある」

「心無い言葉を投げられる場合も……」

「ジェイムズ、そろそろ聞き飽きましてよ？」

わたしも養母様に同意だと思い、うんうんと頷いた。

養父様が心配してくれるのはとても嬉しいことだけど、もう少し信用してほしい。

「この先チェルシーちゃんのことを殿下以上に守れる方が現れると思いまして？」

「ずっと家にいればいいじゃないか」

養母様の言葉に、養父様が口を尖らせる。

「あなたの我儘で、『嫁き遅れ』と言われる生涯を過ごさせるつもりですの？」

そこで養父様は黙った。

グレン様の婚約者になることでいろいろな陰口を叩かれる日々と、このまま結婚せず『嫁き遅れ』と陰口を叩かれる日々。

どちらも心無い言葉を投げられるなら、グレン様の隣にいたい。

「ではもう一度尋ねよう。王命ではなかったとして、チェルシーの婚約者になることを許してくれないだろうか？」

「……許そう」

養父様は渋々といった感じで、そう答えた。

＋＋＋

こうして、わたしとグレン様は王命でもあるけど、家長の許しも得た正式な婚約者同士となった。

「きちんと書面にも残したから、誰にも文句は言わせない」

出発前に屋敷の裏庭を散歩しながら、グレン様はそうつぶやいた。

誰が文句を言うのだろう？

そう思って首を傾げると、グレン様は天使様のように優しく微笑んだあと、片手を出しかけて、すぐに引っ込めた。

もう一度首を傾げれば、苦笑いを浮かべてくる。

「婚約者であっても、令嬢に対して頭を撫でるというのはよくないなって……」

「今までずっと子どもだと思っていましたものね……」

そうつぶやけば、グレン様は何度も瞬きを繰り返した。

「いや、その子どもだとは……思っていたかもしれないな」

そして、別の方向へと視線を向ける。

その仕草と嘘をつかない様子がおかしくて、わたしは小さく笑った。

遠くで馬のいななきが聞こえてきた。

そろそろ出発するのかもしれない。

半年間だったけど、サージェント辺境伯家の方々にはとても優しくも厳しくもしてもらった。

これが家族というものなのだな……と何度も思った。

「離れることを考えると、少し寂しいものですね」

ぽつりとつぶやけば、グレン様がつないだ手をぎゅっと握った。

「休みを取って、一緒に会いに行けばいいよ」

一緒に行ってくれるんだ……。

グレン様の優しさを感じて、じんわりと胸が温かくなった。

番外編

I'll Never Go Back to Bygone Days! Extra Edition

1. と不思議な濃霧

サージェント辺境伯家の屋敷を出発して三日目のこと……。

馬車で街道沿いを走っていると、馬がゆっくりと止まった。

まだ出発してそれほど経(た)っていないので、休憩には早い。

それなのに止まったということは、外で何かが起こっているということだ。

不安に思って、一緒に乗っているグレン様に視線を向けると、そっと背中を撫(な)でられた。

しばらくじっとしていると、外から決まった回数とリズムのノックの音がした。

これは、外が安全なときにするノックの音。

ホッとすると同時に外から御者さんの声が聞こえてきた。

「失礼します。この先に濃い霧があって進めないため、止まりました」

御者席側の小窓から外を覗(のぞ)けば、五十歩くらい歩いた先が真っ白に見えた。

「たしかに真っ白だな……一旦、休憩にしよう」

Extra Edition

グレン様のその言葉で、休憩することになった。

馬たちを休めるための休憩地には、小屋が建っているので、乗っている人や御者さんはそこで休むことになっている。

それ以外の場所で休憩する場合は、天幕を張って休むことになる。

御者さんは馬車から離れないし、馬たちは馬車の近くにつないでおくそうだ。

馬車を降りると、護衛の騎士たちが天幕を張り終えていた。

「ありがとうございます」

お礼を言うと、騎士団員特有のニカッとした笑みを返された。

「天気がいいのに、ここだけ濃い霧があるなんて、どう考えてもおかしいだろう」

グレン様は顎に手を当て、街道の先の濃い霧を見ながらつぶやいた。

「なんだか妙な気配がするのよ～」

『うむ、なにやらおかしい』

腕を組んで立っていたミカさんの言葉に、わたしの肩に乗っている子猫姿のエレが反応する。

といっても、子猫姿のエレの言葉はミカさんには聞こえていない。

でも、エレがうんうんと頷（うなず）いているので、同意しているのだと、ミカさんにも伝わったらしい。

『よし、我が様子を確認してきてやろう』

子猫姿のエレはそう言うと、風が吹き、瞬（まばた）きしている間に本来の精霊姿へと変わった。

そして、ふわっと濃い霧のほうへ飛んでいった。

「え!?　子猫が……人に!?」

「いや、人じゃないだろ……透けてたよな……」

「幽霊だけは苦手なんだ。勘弁してくれ」

護衛の騎士たちも御者さんも目を見開いてとても驚いている。

「実は、あの子猫は精霊なんだ。決して口外しないようにね」

グレン様がそう言うと、護衛の騎士たちも御者さんも頷いた。

+++

ミカさん特製のスープを飲んで待っていると、精霊姿のエレがふわふわ漂いながら戻ってきた。

「あの霧の中に巨大な蛇型の魔物が潜んでいた。仕留めるには視界が悪すぎてひとまず戻ってきたが……。長さは馬車を十周しても余るほどで、体の表面は淡い緑色をしていたな。太さはこれくらいか」

エレは両腕で円を作って、大きさを伝えてくる。

そんな魔物が真っ白な霧の中に潜んでいて、知らずに歩いていたら……もしや、丸飲みに!?

想像しただけで、ブルッと震えてしまった。

「それ、知ってる魔物なのよ～」

ミカさんはそう言うと、アイテムボックスから、魔物図鑑と表紙に書かれた本を取り出して、ぺらぺらとページをめくり始めた。

「これなのよ～」

そして、とても大きな蛇の絵が描かれたページを開いて、みんなに見せる。

「おお！　まさにそれだ」

その絵を見た途端、精霊姿のエレが大きく頷いた。

「名前はフォグバイパーと言って、濃霧を生み出して、迷い込んだ生き物を捕食するのよ～。好物がアマ草だから、食べるとほんのり甘くてとってもおいしいのよ～。しかも滋養強壮の効果があるのよ～！」

ミカさんは頬に両手を当てて、うっとりとした表情になっていた。

「このまま放っておくわけにはいかないし、討伐しよう」

グレン様の言葉に、その場にいた護衛の騎士たちが強く頷いた。

「では、すぐに霧の中へ向かう準備を……」

一番若い護衛の騎士がそう言うと、グレン様が首を横に振った。

「あれほどの濃い霧の中では、隣にいる仲間すら見えなくなる。幸いなことにフォグバイパーには好物があるようだし、それでおびき出そう」

「お言葉ですが……我々の手元に、アマ草はございません。アマ草は南の暖かい地方でしか育たない植物なので、近くの街でも入手できるかどうか……」

今度は一番年上の護衛の騎士がそう言って、首を横に振った。

「そこは特別研究員殿に頼もうかと思ってね」

グレン様はそう言うとわたしに視線を移した。

アマ草は植物なので、わたしのスキルで生み出すことができる。

しかもわたしがスキルで生み出した種は、必ず発芽するので、どんな場所でも育つ。

「わたしのスキルで、すぐに育つアマ草の種を生み出せばよいのですね」

そう答えるとグレン様は優しく微笑むと同時に、力強く頷いた。


「植物図鑑を返してください」

わたしは小声で、精霊樹で出来たブレスレットに向かってつぶやく。

すると目の前に植物図鑑が現れたので、受け取る。

つづいて、目次からアマ草のページを開き、どんな植物なのかを把握する。

アマ草は手のひらよりも大きな葉っぱを生やす植物で、種は茶色く、わたしの親指くらいの大きさがあるらしい。

葉っぱはとても甘く、南の暖かい地方では、煮てシロップにするのだそうだ。

植物図鑑に載っているアマ草の情報を、すみずみまで見て覚えたところで、わたしはつぶやいた。

「普通のものより成長が速く一代限りのアマ草の種を生み出します――【種子生成】」

ぽんっという音とともに親指くらいある緑色の種が現れた。

本物のアマ草の種は茶色なので、似ているけど違う種が出来たのだとわかる。

すぐにグレン様が【鑑定】スキルを使ってくれる。

「植えるとすぐに育ち、半日で枯れ、種を残さないアマ草の種だそうだ」

願ったとおりの種が生み出せたようでホッとした。

「これは俺が預かるよ」

グレン様はそう言うと、わたしの手のひらから、緑色のアマ草を取り、軽く握った。

「ここからは俺と騎士たちの仕事になるから、チェルシーは天幕から離れないようにね」

わたしは素直に頷く。

「ミカも行ってくるのよ～！」

「では、我はチェルシー様のそばにいよう」

精霊姿のエレがそう言うと風が吹き、子猫姿へと変わった。

そして、わたしの肩に乗る。

「いってらっしゃいませ」

ここから見える霧との境目あたりで戦うというので、目に見える距離だけど、わたしはみんなに向かって、そう告げていた。

護衛の騎士たちが全員そろって、ニカッとした笑みを浮かべている。

「行ってくるよ」

グレン様は嬉しそうな顔をしながら、そのまま霧のそばへと歩き出した。

幕間 グレン

Extra Edition : Interlude

チェルシーの『いってらっしゃい』という言葉が嬉(うれ)しくて、にやけそうになるのを必死に我慢しつつ、俺は霧に向かって歩き出した。

霧は、はっきりとわかるほど、境目がある。

その境目より三歩離れた位置に立った。

「このあたりにアマ草を植える。その後すぐにフォグバイパーとの戦闘になるから、気を引き締めるように！」

王都から一緒に来ていた第二騎士団員たちにそう声を掛けたあと、地面にぽとりとアマ草の種を落とした。

すると勝手に土に埋まり、芽を出し始めた。

双葉から本葉へ、そこからどんどん伸びていき、人の顔より大きな葉をたくさん茂らせる。

その合間から、葉よりも大きな白い花が咲くと、ふわりと甘い香りを漂わせ始めた。

きつすぎず甘すぎない香りが漂って、一分も経(た)たないうちに、濃い霧の中からそろりと大きな蛇が顔を覗(のぞ)かせた。

あの大きさであれば、人を丸飲みできる。

自然と喉がゴクリと鳴った。

よく見れば、フォグバイパーは体から常に霧を生み出し続けているようだ。

そんな俺のすぐ近くで、包丁を構えている狐人のミカが袖で口元を拭っている。

あれはたぶん、よだれを拭っているのではないだろうか……。

「シンプルにステーキ、ミンチにしてハンバーグ、ピーマンの肉詰めに、ロールキャベツもいいのよ～。そうだ……しゃぶしゃぶという手も……」

ミカがつぶやく料理名に俺までよだれが出そうになった。

「……からあげと餃子も追加してくれ」

聞こえるかどうかの小声でつぶやけば、ミカが目をキラキラさせてこちらを向いた。

「任せてなのよ～！　からあげはチェルシーちゃんの好物でもあるし、からあげで決定なのよ～！」

そんなやりとりをしている間に、フォグバイパーは俺たちを威嚇することなく、目の前に生えているアマ草をむしゃむしゃと食べ始めた。

すぐに【鑑定】スキルを使って調べる。

『フォグバイパー（特殊個体）：巨大な蛇型の魔物。常に周囲に霧を生み出し続け、迷い込んだ生き物を捕食する。霧に魔力を枯渇させる毒を混ぜることができる特殊個体。アマ草が好物』

続いて、霧に【鑑定】スキルを使えば、魔力を消耗させる毒が含まれていた。

「このフォグバイパーは特殊個体だ！　霧に毒が混ざっているから、なるべく触れないように！」

そう叫んだあと、片手を挙げた。

騎士たちが一斉にフォグバイパーに斬りかかっていく。

フォグバイパーは尻尾を使って器用に騎士たちを払いのけると、すぐにまたアマ草を食べ始めた。

一番若い騎士がフォグバイパーの尻尾に当たり、アマ草の葉を数枚切り裂いた。

『大事なアマ草に何しやがるんじゃああああ！』

そこで初めてフォグバイパーが叫んだ。

俺は転生者であるため、あらゆる言語を理解することができる。

だから、フォグバイパーが何と叫んだのか理解できるのだけれど、……本当にどれだけ、アマ草が好きなんだ……。

騎士団員たちはフォグバイパーの叫び声に緊張感を漂わせていた。

『おまえら邪魔なんじゃああああ！』

もう一度、フォグバイパーが叫ぶと、周囲に濃い霧が発生して、近くにいるミカや騎士たちが見えなくなった。

まずい……！　霧には魔力を枯渇させる毒が含まれているから、すぐにでも消さないと！

「……《突風（ガストオブウインド）》」

俺は急いで魔術を使った。

攻撃力のほぼない風の魔術は、霧を上空へと押し上げていく。

だんだん霧が薄くなり、周囲の様子が見えるようになると、また騎士たちが動き出した。

「お昼はからあげなのよ～！」

ミカの叫び声が響く。

高らかに掲げた包丁がフォグバイパーの尻尾を切り落とした。

切り落とされた尻尾はピクリとも動かない。

それをミカがさっと触れてアイテムボックスにしまっていった。

これで、尻尾を使って払いのけられることはなくなった。

騎士たちは再度、一斉にフォグバイパーに斬りかかっていく。

俺は邪魔にならないように、騎士たちの武器に切れ味が上がる魔術を施していった。

スパスパとフォグバイパーは輪切りにされていき、最後は叫ぶことなくこと切れた。

俺は【鑑定】スキルを発動させる。

「死亡を確認した」

結果を告げると騎士たちから歓声があがった。

2. 魔力の枯渇

Extra Edition

天幕から、グレン様とミカさん、護衛の騎士たちの戦いぶりをじっと見ていた。

フォグバイパーは倒される直前までアマ草を食べていた。

好物と書かれるだけのことはあるらしい。

途中で濃い霧を発生させたときは、どうなることかとドキドキした。

倒し終わったフォグバイパーはすべて、尻尾をぶんぶん振っているミカさんが回収していったので、あとで料理となって出てくるはず。

街道沿いに出来ていた濃い霧もどんどん薄れていくのが見える。

倒し終わったんだ……とほっとしていたところにグレン様と護衛の騎士たちが戻ってきた。

「おかえりなさいませ」

そう告げると、グレン様はぎこちない笑みを浮かべたあと、かくんっとその場に膝をついた。

「グレン様!?」

わたしは慌てて駆け寄る。

グレン様はぜえぜえと荒い息をしながら、下を向いていた。

「これは……さっきのフォグバイパーの毒にやられただけなんだ……」

「どんな毒なんですか!?」

病気以外なら、グレン様の持つ【治癒】スキルで治せる。

それなのにグレン様は治そうとしない……つまり、この毒は治せないということ。

でも、わたしのスキルで生み出した種なら、なんとかなる。

どういう毒なのかわかれば、対処できるはず！

そう思って聞くと、グレン様はゆっくり答えた。

「……魔力を枯渇させるっていう変わった毒だったんだ」

グレン様は弱々しく答えるとそのまま地面の上に仰向け(あおむ)になった。

「しばらく休んで……魔力を回復させれば、大丈夫……だから」

護衛の騎士たちも次々にその場に倒れていく。

最後にミカさんがぱたりと倒れた。

わたしは驚いてその場に立ち尽くした。

これまでに、わたしは二回、スキルの使いすぎで、魔力が尽き倒れたことがある。

倒れた本人は大丈夫だと思っていても、周りの人はこんなにつらい気持ちだったんだ。

『このままここに寝かせておくわけにはいかぬな』

なんとかしたいのにどうしたらいいかわからなくてオロオロしていたら、子猫姿のエレがそうっぶやいた。

そういえば、エレも様子を確認するためにあの濃い霧の中に入ったけど、大丈夫なのだろうか？

「エレは大丈夫なの？」

『この世界にいるかぎり、我ら精霊は攻撃を受けることはないのでな』

そう言うと子猫姿のエレは胸を張った。

子猫姿のエレは、魔法でも魔術でもない、精霊にしか使えない力を使って、グレン様やミカさん、護衛の騎士たちを天幕の中へと運んでくれた。

＋＋＋

『このまま一晩寝かせておけば、魔力は回復するだろう』

「では、寝かせておけばいいのですね」

子猫姿のエレの言葉にそう答えると、首を横に振られた。

『それではチェルシー様の守りが薄くなる。それに食事の準備も寝床の用意もない場所に、チェルシー様を置いてはおけぬ』

たしかにわたしとエレだけだと、何もできない。

食べ物はほとんど、ミカさんのアイテムボックスの中にある。

もしかしたら、荷物の中にもあるかもしれないけど、どこにあるのかわからない……。

周辺から食べ物を得ようとするなら、ここから離れなければならない。

街に行くにも森に入るにも、わたしかエレは留守番しなきゃいけないし……。

寝ているみんなを置いていくなんてできない。

深いため息をついていると、子猫姿のエレが首を傾げた。

『どうしたのだ？』

「わたしって役立たずだなと思って……」

思ったことをそのまま告げると、子猫姿のエレはさらに首を傾げた。

『チェルシー様の生み出したアマ草のおかげで、無事に倒すことができたのであろう？　役に立っておるではないか』

「生み出しただけで、何もしていないから……」

『では、何かすればよかろう』

「何か……わたしにできること……」

子猫姿のエレの言葉を考えているうちに、ふとエリクサーの種を思い出した。

ロイズ様の病気を治すために生み出したあの種なら、魔力を回復できるはず。

すぐにわたしは左手首にあるブレスレットに向かってつぶやいた。

「以前預かってもらったエリクサーの種を返してください」

目の前に丸くてオレンジ色で栓のついた種が現れた。

これはいつか、何かがあったときに使おうと思って生み出していたもの。

たぶん、今がそのときなんだ。

『眠っている者には、少しずつ飲ませねば、むせるぞ』

子猫姿のエレの言葉にわたしは頷く。

膝の上にグレン様の頭を乗せ、エリクサーの種の栓を抜く。

それから、そっとグレン様の口にほんの少しだけ、エリクサーの種を注いだ。

量としてはスプーン一杯分くらいだと思うけど、それだけでグレン様が目を開いた。

「グレン様……大丈夫ですか？」

そう声を掛けたけど、返事がない。

もう一度、エリクサーの種を口に少しだけ注ぐと、こくりと喉が動いて飲み込んだのがわかった。

そろりとグレン様の手がエリクサーの種に伸び、掴むとそのままごくごくと飲み干していった。

飲み終わると、さっきまでとはまったく違う元気な表情へと変わった。

「このオレンジ色の種って以前、ロイズに飲ませたエリクサーの種か……。たしかにこれは、存在を隠したほうがいいって言うだけのものだな」

実際に飲んだからか、グレン様はそう言うと苦笑いを浮かべた。

「あの……無理矢理飲ませて、申し訳ございません」

魔力を回復させるためとはいえ、眠っている間に無理矢理何かを飲まされるなんて、気持ち悪かったに違いない。

そう思って、頭を下げるとグレン様は首を横に振った。

「いやむしろ、飲ませてくれてありがとう。助かったよ」

グレン様の言葉に、わたしは心の底からほっとした。

「他の方々にも、エリクサーの種を飲ませてもいいでしょうか？」

そう確認を取れば、グレン様はまたも首を横に振った。

「ミカは知っているだろうからいいけど、騎士たちには隠しておくべきだろう。そうだ、劣化版を作ってみるのはどうだろうか？」

『それならばよかろう』

グレン様の言葉に、子猫姿のエレが頷く。

「では、エリクサーの種と同じ見た目で同じ味のものだけれど、効果は魔力が半分だけ回復するものとしましょう。他に必要な効果はございますか？」

ゆっくりとそう問うとグレン様は首を横に振った。

『それで十分だろう』

わたしは深呼吸をしたあと、両手を組んでつぶやいた。

「飲んだものの魔力が半分だけ回復する種を生み出します――【種子生成】」

ぽんっという音がして、エリクサーの種よりも二回りほど小さく、丸くて緑色で栓のついた種が現れた。

「新種の種なのに、設計図は必要ないんだね」

グレン様は何度も瞬きを繰り返して驚いた顔をしている。

「基準となる種がすでにあれば、設計図を改めて起こす必要がないのだと、この半年の間に、何度もスキルを使って検証いたしました」

「努力したんだね」

「はい」

微笑みながらそう答えれば、グレン様は眩しそうにわたしの顔を見た。

その後すぐに、グレン様は視線を緑色の種に向けた。

「名前は『アオポの種』。効果は、飲んだものの魔力を半分回復する。植えると枯れるそうだ」

エリクサーの種を基準にして、効果だけを変えたから、植えると枯れるところまで同じになったらしい。

それから、寝込んでいるミカさんと護衛の騎士たちの分のアオポの種を生み出した。

グレン様が護衛の騎士たちに飲ませる中、わたしはミカさんにアオポの種を飲ませた。

「ん……うぅん?」

ミカさんはすべて飲み干すと、目をこすりながら目覚めた。

「ミカさん、体調はどうですか？」

「特におかしなところはないのよ～。口の中がとってもおいしい味がするのよ～？　どうしてなのよ～？」

そこでわたしは、ミカさんが倒れてからの間の話をした。

「これは本当においしいのよ～。できれば、何の効果もない普通の飲み物として売り出したいくらいなのよ～」

ミカさんは飲み終わったアオポの種を逆さにして、最後の一滴を飲んでいた。

護衛の騎士たち全員に飲ませ終わると、グレン様が戻ってきた。

「【鑑定】したけど、全員、きっちり半分だけ魔力が回復していた……」

願ったとおりの種が出来たのだとわかり、喜んでいるとグレン様が苦笑いを浮かべた。

「申し訳ないけど、この種も出来るかぎり隠そう……」

「どうしてですか？」

わたしが首を傾げると、ミカさんが目をキラキラさせて尻尾を振りながら言った。

「市販のポーションは決まった量しか回復しないのよ～。でもチェルシーちゃんが生み出したものだと、全員、半分回復するのよ～。魔力の総量が多い人が飲んだら、とってもお得なのよ～」

「つまり、魔力の総量が多い者たちがこぞって欲しがるというわけだ」

「悪い人に捕まったら、ずっとアオポの種を生み出し続けるよう強要してくるかもしれないのよ〜。そんなこと許せないのよ〜」

ミカさんが見えないナニカに向かって拳をぶつけていた。

そんな目には遭いたくないので、アオポの種も隠そうと強く心に誓った。

「殿下、助けていただきありがとうございます」

護衛の騎士の中で一番偉い人が代表して、グレン様にお礼を告げると苦笑いを浮かべた。

「コレを飲ませたのは俺だけど、生み出したのはチェルシーだよ」

空になったアオポの種を見せながら、グレン様は護衛の騎士たちにそう言った。

できるかぎり隠しておこうって話をしたあとなのに、教えてしまっていいの!?

わたしはグレン様と護衛の騎士たちに交互に視線を向けた。

そこからなぜかグレン様がアオポの種について、詳しく説明していく。

「まさに奇跡としか言いようのない素晴らしいスキルをお持ちとは……!」

護衛の騎士の一人がそう言うと、手を組んでわたしに向かって祈りだした。

「では改めて、チェルシー様、助けていただきありがとうございます」

「「「ありがとうございます!」」」

騎士たちが声をそろえてお礼を言ってきた。

どうしていいのかわからず、慌てふためいているとグレン様がいたずらっぽい笑みを浮かべた。

「実は彼らは、チェルシー専属の護衛騎士になるんだ。顔合わせも兼ねて、一緒に来たんだよ」

「わたしに専属の護衛騎士ができるのですか？」

驚いていると、グレン様が頷いた。

「王弟の婚約者となれば、そういった護衛騎士や護衛メイドがつくものなんだ」

改めて婚約者と言われて、恥ずかしくなり下を向いた。

手を組んでいたから、ちらりと右手の薬指にはまっている婚約指輪が見えた。

防御の指輪だけでなく、護衛がつくなんて……とても大事にされているのだと実感した。

「これから、よろしくお願いします」

そう言って頭を下げると護衛の騎士たちが一斉に敬礼をした。

あとがき

お久しぶりです、みりぐらむです。

「二度と家には帰りません！」二巻をお買い上げいただき、ありがとうございます！

今回は、小説投稿サイト『小説家になろう』で書いているものとは、だいぶ違う展開のお話となっておりまして……。正直、とても苦労しました（苦笑）。

コミック一巻も同日発売となっておりますので、ぜひそちらもよろしくお願いします。


さて、今回もお礼を述べたいのですが……あとがきが一ページしかないので手短に！

ロイズをカッコよく描いてくださったイラスト担当のゆき哉（かな）先生、担当Yさん、営業さん、校正さんたち、デザイナーさん、印刷所のみなさん。

相談に乗ってくれた友人Rさんと友人Mさんと実の母、しれっと読んでるらしいイトコたち、いつも気分を上げてくれる美容師のお兄さんとまつエクのお姉さん。

それから、この本をお買い上げいただいたあなたに。

本当にありがとうございます！　そして、みなさんにイイことがありますように！

みりぐらむ

二度と家には帰りません！②

発行　2020年9月25日　初版第一刷発行
　　　2021年5月20日　第二刷発行

著者　みりぐらむ

イラスト　ゆき哉

発行者　永田勝治

発行所　株式会社オーバーラップ
〒141-0031
東京都品川区西五反田7-9-5

校正・DTP　株式会社鷗来堂

印刷・製本　大日本印刷株式会社

©2020 milli-gram
Printed in Japan
ISBN　978-4-86554-746-7 C0093

※本書の内容を無断で複製・複写・放送・データ配信などをすることは、固くお断り致します。
※乱丁本・落丁本はお取り替え致します。左記カスタマーサポートセンターまでご連絡ください。
※定価はカバーに表示してあります。

【オーバーラップ　カスタマーサポート】
電話　03-6219-0850
受付時間　10時～18時（土日祝日をのぞく）

作品のご感想、ファンレターをお待ちしています

あて先：〒141-0031　東京都品川区西五反田7-9-5 SGテラス5階　オーバーラップ編集部
「みりぐらむ」先生係／「ゆき哉」先生係

スマホ、PCからWEBアンケートにご協力ください

アンケートにご協力いただいた方には、下記スペシャルコンテンツをプレゼントします。
★本書イラストの「無料壁紙」　★毎月10名様に抽選で「図書カード（1000円分）」

公式HPもしくは左記の二次元バーコードまたはURLよりアクセスしてください。
▶ **https://over-lap.co.jp/865547467**
※スマートフォンとPCからのアクセスにのみ対応しております。
※サイトへのアクセスや登録時に発生する通信費等はご負担ください。

オーバーラップノベルスf公式HP ▶ **https://over-lap.co.jp/lnv/**

OVERLAP NOVELS f
Author 麻希くるみ
Illustration 保志あかり
ヒロイン以上に愛されちゃう!?
絶賛発売中!
断罪された悪役令嬢は続編の悪役令嬢に生まれ変わる
～無自覚な愛され系は今度こそ破滅を回避します～
乙女ゲームの悪役令嬢に転生した元日本人の上坂芹那は、無実の罪で王太子に婚約破棄されたあげく殺される最悪のバッドエンドを迎えてしまう。だが次に目覚めるとゲーム本編のエンディング後の世界で“続編”の悪役令嬢アリステアに生まれ変わっていて……!?